copyright © The Melmac Cat 2021
themelmaccat@gmx.com
Tous droits réservés. Ce livre, ni aucun extrait, ne peut être reproduit ou utilisé sans une autorisation écrite du propriétaire des droits (auteur ou éditeur), exception faite de brefs extraits pouvant être reproduits dans des articles de presse, des conférences ou des livres scolaires.

© 2021, Patrick Coulomb
Édition : BoD – Books on Demand, 12/14 rond-point des Champs-Élysées, 75008 Paris
Impression : BoD - Books on Demand, Norderstedt, Allemagne
ISBN: 9782322398935
Dépôt légal : Octobre 2021

La porte des dragons

nouvelle version, format poche

Patrick Coulomb

Melmac > Ailleur(s)
est une collection de
THE MELMAC CAT

Livre 1 – Vienne le temps des dragons
Livre 2 – Orenoen

Préambule

Parmi les nombreuses créatures qui peuplent notre imaginaire, les dragons font partie des plus fréquentes et des plus intéressantes. Si près d'être réels qu'un véritable animal porte leur nom, le dragon de Komodo, qui vit dans des îles indonésiennes. Heureusement, celui-ci ne crache pas le feu. Alors que ceux que nous allons rencontrer ici ne s'en priveront pas. Nous rencontrerons aussi quelques sinistres individus et un héros un peu dépassé peut-être par les événements, mais qui ne manque pas de ressource..

Voici donc la version poche de ce double texte sur l'invasion de notre Terre par des dragons. Un thème récurrent mais toujours renouvelable, j'espère ici avec un certain plaisir.

La première partie de ce texte a été écrite durant l'année 2012, alors que sévissait sur toute une partie de la planète la croyance fantasmatique en une prophétie maya qui annonçait la fin des temps pour le 22 décembre de cette année-là. De cette plaisante conjecture est née l'idée de cette histoire, qui n'a pourtant rien à voir avec les Mayas... Les événements rapportés ici sont bien évidemment fictifs et imaginaires, et toute ressemblance avec des personnages réels serait fortuite ou involontaire, on s'en doute. Toutefois, s'il était amusant de se servir de la théorie maya d'une fin du monde en 2012, il est « amusant » aussi de penser que les dragons ne sont peut-être pas seulement le fait d'une hallucination collective. J'ai beaucoup pensé au film de Rob Bowman *Le règne du feu* en écrivant ces pages (*Reign of Fire*, 2002) ainsi qu'aux nombreuses légendes sur les dragons, britanniques ou d'autres origines.

Il y a un mystère réaliste dans l'existence de ces créatures. Qui sait vraiment de quoi le monde est fait ?

Livre 1
Vienne le temps des dragons

A l'impossible.
A ma fille, à mon fils.

*"Le Drac fut le premier à se réveiller.
Puis vint King Gidorah.
Dans les villes s'installèrent
quelques croque-mitaines;
dans les campagnes les ogres des contes
et légendes refirent leur apparition.
Ils aimaient toujours la chair fraîche.
Il ne faisait pas bon être un enfant".*

Biagio LaMarca,
*Chronique des événements étranges
survenus après le 22 décembre 2012.*

SUR LA TERRE DES DRAGONS
PROLOGUE

Discours de Siwolfann-Riink au Conseil Supérieur de Tarra-001

« *Il se passe des choses étranges dans les mondes. Oui, mes amis, des choses étranges. Sur les centaines de Tarras parallèles que nous avons répertoriées, rares sont celles qui possèdent le même équilibre que celui qui est le nôtre. Mais elles sont pour la plupart trop éloignées dans les cordes pour représenter un danger. Des explorateurs de notre espèce ont voyagé dans les Tarras, puisque nous avons ce privilège qui semble à ce jour unique de pouvoir nous déplacer de corde en corde. Ils ont pu ramener des récits quelquefois anecdotiques, quelquefois inquiétants, mais au bout du compte, rien qui nous mette réellement en danger. Sauf sur l'une d'entre elles, notre voisine, que nous avons nommée 408 et qu'ils appellent de divers noms, car ils ne parlent pas d'une seule et même langue. Terre, Terra, Earth, Erde, Aarde, est habitée, je devrais dire infestée, par une espèce de petite taille qui a compensé son absence d'aptitudes physiques (ils ne peuvent ni voler, ni cracher du feu) par un développement* scientifique et technologique aveugle. Ils avancent dans le noir, sans comprendre les conséquences de leurs actes, mais ils avancent. Et la progression de 408 menace aujourd'hui notre propre Tarra.

C'est pourquoi le Conseil a décidé d'envoyer des Eclaireurs, avec une double intention : mesurer et contrôler. C'est-à-dire mesurer le danger que 408 nous fait encourir et, si le besoin s'en fait sentir, contrôler 408, en prendre les rênes. Les petits hommes qui la peuplent sont nombreux, mais, comme vous le savez, nous avons plusieurs possibilités pour les maîtriser : en premier lieu la terreur, car ils ont peur de nous, le passé l'a démontré lors des quelques incursions que nous avons déjà fait sur 408, ou la fusion. Car nous pouvons, peut-être, éviter la violence. Certains d'entre nous, les Supra, sont directement connectés par les cordes à d'autres individus sur plusieurs des mondes parallèles, et en particulier sur notre voisin 408. Cette connexion, dont nous n'avons pas défini toute la complexité organique, peut mener à la fusion. La fusion est une opération dangereuse, elle ne garantit pas la prééminence de notre espèce, mais, même si plusieurs des Supra doivent finalement se transformer en apparence pour devenir des humains, ils resteront à l'intérieur les dragons que nous sommes et pourront ainsi *prendre le contrôle de 408 et la rediriger dans un sens qui ne nous soit pas funeste. Je vous concède, mes chers amis, que la Terreur est une solution plus simple en première analyse, mais les Eclaireurs qui vont partir sur 408 nous feront leur rapport, et nous saurons bientôt de quelle manière nous allons devoir régler le problème que nous posent les hommes... »*

Pour commencer

*« I got my mojo working,
but it just don't work on you
I got my mojo working,
but it just don't work on you. »*
Muddy Waters –
"Got My Mojo Working" (1957).

En ce temps-là j'avais le *mojo*. Je veux dire qu'on aurait bien dit que la chance me souriait, parfois faut pas chercher à comprendre. Ma bagnole n'était pas tombée en rade depuis plus de six mois ; j'avais rencontré une blonde dans un bar et le rodéo avait bien duré quarante-huit heures avant qu'elle ne me largue, puis une jolie brune que je voyais de temps en temps et qui me faisait entrevoir d'autres horizons possibles que le célibat ; même mes locataires étaient cool, puisqu'ils me payaient tous les mois rubis sur l'ongle les loyers qu'ils me devaient. Il faut dire que j'avais embauché un gars pour faire la tournée à ma place qui savait y faire - gentiment - avec les récalcitrants. Bref, j'avais de quoi voir venir, de quoi circuler, et même un lit douillet où aller me changer les idées avec une « chouette nana ». Un vrai héros de série B des années 70. C'était trop beau pour être vrai. Faut croire…

Car les choses ont commencé à se gâter autour du mois de mai. D'abord rien, je ne m'en suis pas aperçu, une impression diffuse, un truc bancal : la sensation qu'une ombre furtive me croisait, ou passait derrière moi. C'est arrivé une fois, puis une autre, à plusieurs semaines d'intervalle. Rien de captivant, rien d'angoissant. Des ombres qui passent. Il en passe tous les jours, pas vrai ? D'ailleurs je ne peux pas dire que je m'en étais vraiment aperçu, pas consciemment. Est-ce qu'on s'aperçoit de ces choses-là ?

Jeudi 17 mai 2012.

Jour de la mort de Donna Summer.
« *I'm all lost in the supermarket,
I can no longer shop happily
I came in here for that special offer,
a guaranteed personality.* »
The Clash – "Lost In A Supermarket" (1979).

C'est pendant que je faisais des courses avec Jennifer - cette jolie brune que je voyais de temps en temps - que ça s'est précisé. Je venais d'avoir la sensation bizarre qu'une ombre était sortie du rayon boucherie, avait traversé la travée et s'était fondue dans les steaks hachés...

- Tu as pas senti un truc bizarre ?
- Genre ?
- Genre, comme si une ombre nous était passée à côté.
- N'importe quoi, monsieur voit des ombres maintenant, tu sais que ça se soigne ?

Je haussais les épaules, résigné, de toutes façons comment faire partager une sensation aussi fugace ? Je fis donc à Jenn une réponse passe-partout.

- Laisse tomber, il fait un froid de canard dans ce supermarché, ça doit être ça.

On a repris nos petites affaires, rempli le chariot avec à peu près quinze millions de trucs inutiles et on a filé chez elle. Je lui avait promis que ce soir c'était moi qui faisais la cuisine, et j'avais l'intention de nous concocter un vrai repas 4 étoiles. Mais je sentais Jennifer plus troublée que ce qu'elle voulait bien dire par ce que j'avais lâché entre les gigots et les steaks hachés... Avant de monter dans le gros Mercedes Vito qui me servait de véhicule quotidien, elle ausculta le parking du magasin avec des mines de Sioux puis elle me fit :

- Tu sais sur quoi c'est construit ici ?
- Nan, pourquoi ?
- C'était la nécropole d'une tribu celto-ligure, on a appris ça il n'y pas longtemps, j'ai fait un article dessus dans le journal.
- Et après ?
- Et après, et après, tu me dis que tu vois des ombres et on est en plein sur un cimetière, tu trouves pas ça bizarre, toi ?

Je la trouvais surtout à croquer avec sa voix rauque et son micro-débardeur, aussi je lui fis un de mes sourires estampillés « à-faire-fondre-la-banquise » et je démarrai le Vito, direction son lit, et plus vite que ça, pour le repas, on s'en occuperait après.

Jeudi 21 juin 2012.

Solstice d'été. 11ᵉ anniversaire de la mort de John Lee Hooker.
*« It's close to midnight and something evil's
lurking in the dark
Under the moonlight, you see a sight
that almost stops your heart
You try to scream but terror
takes the sound before you make it
You start to freeze as horror
looks you right between the eyes
You're paralyzed. »*
Michael Jackson – "Thriller" (1982).

A l'époque, je rêvais de voyages, de beuveries et de jolies filles. Pour les beuveries, j'étais servi, pas de doute, et l'alcool m'aidait à croire que j'avais les deux autres éléments de ma trilogie, autrement dit les filles et les voyages, mais ce n'était pas vraiment le cas. Je n'étais pas sorti de ma ville depuis au moins six mois, même pas pour une balade en forêt ou une partie de pêche en mer avec des potes. Et Jennifer m'avait plaqué, comme les autres, au bout de quelques semaines. Je gardais la trace en moi de sa voix grave qui continuait à me rendre mélancolique chaque fois que j'y pensais, et j'y pensais d'autant plus facilement qu'elle ne se gênait pas pour m'appeler de temps à autre, dire bonjour, me raconter sa vie, comme si on était toujours ensemble. Mais après tout peut-être était-ce sa vision à elle du couple. Jenn bossait en *free lance* dans un journal du coin, elle écrivait sur tout et rien et avait un tropisme certain pour les affaires macabres et les trucs bizarres. En prime, sa voyante, car elle fréquentait tous les mardis à 22h une chiromancienne mauricienne, lui racontait des histoires abracadabrantes et elle me les répétait, toute enjouée, comme si c'était de bonnes blagues.

- Tu sais qu'on a vu un sosie de Michael Jackson dans un village de Côte d'Ivoire ? venait-elle de me rapporter. Dans un ancien royaume Akan, un village où il était allé en 1992 et où on l'avait couronné roi, parce qu'il disait qu'il était originaire de ce coin-là d'Afrique, et que ses ancêtres venaient de là, du royaume Sanwi.

Jenn semblait passionnée par cette histoire, aussi je lui dis d'arrêter de me hurler dans l'oreillette et qu'elle ferait mieux de passer chez moi avec une pizza, histoire de me la raconter tranquillement pendant la soirée. Je n'avais pas renoncé il est vrai à flirter encore une fois avec sa cambrure si émouvante et à glisser mes doigts sur tous les centres névralgiques de son anatomie. A mon grand étonnement elle accepta. Je frissonnai en raccrochant, avec la sensation, à laquelle je ne portais plus guère attention, qu'une ombre passait en dansant une sorte de *moonwalk* diffus dans l'extrémité droite de mon champ de vision.

* * *

Jenn arriva peu de temps après avec une pizza aux anchois dans un carton vert-blanc-rouge aux couleurs de l'Italie et une petite robe princesse seulement rouge qui lui faisait des jambes de sauteuse en hauteur. Je bavai - intérieurement - toute la soirée pendant qu'elle m'expliquait ce qui s'était passé au village de Krindjabo. Quelque temps plus tôt, au matin, exactement vingt ans jour pour jour après la venue du chanteur aujourd'hui décédé, l'arbre à palabres du village s'était effondré sans raison apparente, s'écrasant sur le toit en tôle ondulée d'une des cases cerclant la place. Une fumée s'était alors élevée vers le ciel et chacun avait pu voir distinctement se former comme le dessin d'un petit chapeau de feutre, exactement semblable à celui que portait tout le temps Michael Jackson, puis un homme était sorti de la case, presque blanc de peau, que personne ne connaissait, il avait marché jusqu'à la demeure du chef, une belle maison en dur à la lisière du village, suivi par un attroupement de gamins qui étaient restés étrangement silencieux. Il avait fait un signe au domestique qui rêvassait sur une paillasse pour qu'il vienne lui ouvrir et il était entré, d'une démarche de seigneur, dans la maison du chef. On ne l'avait plus revu ensuite. Disparu, envolé, et le chef du village, Agniwan Gniwan, avait fait une déclaration insolite à la presse locale (le correspondant à Abengourou du *Fraternité-Matin* d'Abidjan) selon laquelle l'homme presque blanc apparu ce matin là lui avait raconté être l'esprit de Michael Jackson et qu'il reviendrait tous les vingt ans à la même date hanter son peuple, tant que sa dépouille ne serait pas enterrée, comme le veut la tradition des Sanwi, sous l'arbre à palabres du village de Krindjabo.

Jenn finit son histoire en me questionnant d'un regard en billes de loto, comme si je devais faire un lien entre le fantôme ivoirien de Michael Jackson et ma propre condition d'individu voyant des ombres. C'est à ce moment-là que la télévision, qui fonctionnait en sourdine depuis le matin, décida de stopper brusquement toute retransmission dans un *blonng* sourd mais distinct qui nous fit nous retourner. Elle redémarra presqu'aussitôt quittant la chaîne nationale TF1 pour se positionner d'elle-même sur MTV-

Europe, qui diffusait précisément le clip *Thriller* de Michael Jackson... Jenn poussa un cri d'orfraie, tétanisée, et je jure que je n'avais pas trafiqué l'appareil, je ne suis pas assez doué pour ça en électronique cathodique. C'était un « heureux hasard », n'en doutons pas, qui me permit de passer une nouvelle nuit avec une Jennifer toute frissonnante. La dernière avant longtemps, faut bien avouer.

Jeudi 27 juillet 2012.

**28ᵉ anniversaire
de la mort de James Mason.**
« *There's a strange boat in the bay.* »
Ava Gardner,
extrait du dialogue du film *Pandora*,
d'Albert Lewin, avec James Mason (1951).

On était au mois de juillet et Jennifer avait à nouveau disparu de la circulation. Je n'avais définitivement plus le *mojo*. Le Vito était en rade, et Habib, mon mécano, faisait de son mieux pour lui procurer une nouvelle jeunesse. Richard, mon encaisseur, se faisait à son tour tirer l'oreille pour me remettre la totalité des sommes convenues entre nous, et j'avais décidé d'attaquer l'écriture d'un nouveau roman, sans avoir l'esquisse de l'esquisse de la trame d'une histoire. Il le fallait pourtant. L'argent ne coulait plus à flots et mon éditeur me réclamait à corps et à cri 300 000 signes avant le mois d'octobre pour pouvoir sortir mon nouveau livre au moment du Salon de Paris. Le pays invité l'année à venir étant l'Italie, il voulait que je lui ponde un roman sicilien bien senti, avec mafia, touristes et *terrone*. Si vous ne saisissez pas pourquoi, vous comprendrez mieux quand je vous dirai que mon nom est LaMarca, Biagio LaMarca, et que je suis le dernier représentant de ce côté-ci des Alpes d'une famille sicilienne hélas plus connue pour avoir donné plusieurs de ses enfants à Cosa Nostra que pour avoir façonné des prix Nobel de mathématiques. Je passai donc mes journées à tapoter des pages sans saveur sur le clavier de mon ordinateur, des ombres me passant de plus en plus souvent dans le dos, voire entre les doigts, quand une autre nouvelle étrange finit par me convaincre que je devais peut-être porter attention aux derniers propos que m'avait tenus Jennifer au matin qui avait suivi la « nuit-Michael-Jackson ». Echevelée, allongée nue sur le ventre telle une réincarnation de Brigitte Bardot dans *Le mépris,* Jennifer m'avait à nouveau parlé de sa voyante.

- Tu sais ce qui lui arrive en ce moment ? Elle ressent des esprits puissants qu'elle n'arrive pas à identifier, qui veulent lui dire qu'ils sont venus, qu'ils sont là, elle en ressent des bons et des mauvais et elle est complètement perdue, je l'avais jamais vue comme ça, elle me dit que le seul mot qui lui vient à l'esprit pour définir ces esprits c'est que ce sont des dragons. Des dragons, tu imagines ?

J'imaginais complètement autre chose en observant Jennifer, mais comme je ne me sentais pas, personnellement, aussi invincible qu'un dragon, j'avais renoncé à pousser plus loin dans mes fantasmes et j'étais allé préparer le café. Jenn m'avait quitté peu après, en me remerciant pour l'accueil et en me disant que ce n'était pas la peine que je la rappelle pour le moment. C'est donc seul face à mon miroir, alors que j'étais en train de me raser, que j'encaissais le choc de la radio qui annonçait que « *lors du creusement d'une nouvelle ligne de métro à Londres, devant prolonger la Northern Line, les travaux ont été stoppés à Dancers Hill, au sud de la localité de Hatfield, suite à la découverte d'un oeuf préhistorique énorme semblant contenir une créature encore en gestation* ».

Je décidai sur-le-champ de filer en Angleterre. Rien ne prouvait que je ne réussirais pas à lier la mafia à cette découverte et que mon éditeur n'aurait pas enfin un roman palpitant à livrer à ses clients...

Samedi 28 juillet 2012.

**27ᵉ anniversaire de la mort
de Michel Audiard.**
« *- Faut reconnaître, c'est du brutal !
- Vous avez raison c'est du curieux !
- J'ai connu une Polonaise qu'en prenait
au petit déjeuner... faut quand même admettre,
c'est plutôt une boisson d'homme !
- Tu sais pas ce qu'il me rappelle, cet espèce
de drôlerie qu'on buvait dans une petite tôle
de Biên Hoa pas très loin de Saigon... les volets
rouges ... et la taulière, une blonde comac...
comment qu'elle s'appelait déjà ?
- Lulu la Nantaise !
- T'as connu ?
- J'y trouve un goût de pomme
- Y en a !* »
Extrait des dialogues de Michel Audiard
pour le film *Les tontons flingueurs*,
de Georges Lautner (1963).

Londres était en pleine effervescence olympique. Les Jeux se déroulaient à l'est de la ville, dans un ancien quartier pourri réhabilité,

Stratford, la crème de l'East End, mais même en plein centre tout n'était qu'olympisme, athlètes et retransmissions sur écrans géants. Je venais de débarquer de l'Eurostar à la gare Saint-Pancras quand une grande clameur s'éleva, qui semblait venir de toute la ville en même temps, bien au-delà du pub où j'avais élu domicile pour cette première soirée. J'avais pratiquement gardé les yeux dans ma bière depuis que j'étais là, il était peut-être temps de les lever vers l'écran qui dominait le coin de la salle où je m'étais installé. Un commentateur s'époumonait au grand bonheur de mes voisins et je compris qu'un certain Greg Rutherford venait d'être sacré champion olympique du saut en longueur. Le gars avait sauté 8m31, ce qui n'en faisait pas un génie de la spécialité, mais il avait fait ça là où il fallait et le jour où il le fallait pour « entrer dans l'histoire », comme aiment tant le seriner les commentateurs sportifs, comme si les compétitions sportives relevaient de la même essence que les mortelles batailles des trop nombreuses guerres qui ont nourri notre histoire humaine. Evidemment, le gars - un rouquin émacié avec un vague air de Hugh Grant - était anglais, ce qui renforçait encore son prestige pour les clients du Essex & Wessex Inn où je commandais ma troisième pinte. Pour contrebalancer le bonheur si londonien de mes voisins de pub, et juste histoire de marquer ma différence, je décidai d'ailleurs de boire une *stout* écossaise, une brune épaisse et tiède, doutant de trouver en ces lieux le Ricard ou le 51 qui m'auraient parlé du pays. Je n'en avais d'ailleurs pas besoin. J'avais quitté Marseille le matin avec un enthousiasme nouveau, comme si m'échapper de mon appartement relevait de l'exploit, comme si prendre un train et filer vers le nord était une libération attendue. Peut-être en était-ce une. J'avais envoyé un SMS sibyllin à Jennifer pour lui demander de ne pas m'oublier tout de suite, mis trois polos et un jean de rechange dans un sac souple en cuir noir, vérifié dans la poche de ma veste que passeport, cartes de crédit et lunettes de soleil étaient bien présentes à l'appel et roule ma poule, de quoi un homme a-t-il besoin pour être heureux ? Finalement, le désir de voyage que je croyais oublié était là et bien là et il avait trouvé un motif pour s'exprimer.

Bien entendu, ma quatrième pinte fut fatale et je dus courir à l'extérieur pour soulager mes boyaux dans le caniveau de Camden Street, au grand bonheur de Jeremy, Don, Dahlia et Gerald, mes voisins de pub, dont j'avais dû faire la connaissance quelque part dans des brumes alcooliques et qui riaient de bon coeur en m'encourageant à dégobiller encore et encore. Tout ça s'acheva par une cinquième pinte, nécessaire selon eux à ma remise en état de marche. Je rentrai à l'hôtel accompagné de leur vivats et de leurs chants d'allégresse. La soirée olympique avait donné trois médailles d'or aux Britanniques et il y avait bien longtemps que je ne m'étais pas senti aussi bien dans ma peau. Cette nuit-là fut un havre de paix et de repos avant le déclenchement de la tempête.

Dimanche 29 juillet 2012.

Jour du décès de Chris Marker.
« - L'espèce humaine mérite peut-être d'être exterminée.
- Exterminer l'espèce humaine ? C'est une idée géniale, c'est génial. Mais c'est un projet à long terme, il faut d'abord se fixer des objectifs un peu moins éloignés. »
Extrait des dialogues de David et Janet Peoples pour le film *L'armée des douze singes*, de Terry Gilliam (1995), d'après *La jetée*, de Chris Marker (1962).

A 8 heures du mat je dessaoulais sous le jet d'une douche froide quand la radio me donna de nouvelles infos à propos de l'oeuf mystérieux de Dancers Hill. J'arrêtai l'eau aussitôt et, les cheveux trempés, recouvert d'une couche de savon liquide plus ou moins moussant qui me piquait les yeux, commençant à tressaillir tant de froid que du fait du scénario qui était en train de naître dans ma tête, je compris à peu près que l'oeuf était, selon les spécialistes du British Museum dépêchés sur place, un oeuf de dinosaure de type brontosaure, datant de la période tertiaire. Aucune révélation sous-jacente sur la possibilité que l'oeuf contienne une créature encore vivante. L'info entendue la veille avait été vite fait bien fait étouffée dans l'oeuf, si l'on peut dire. Rien de bien surprenant en fait, je n'aurais pas dû m'attendre à autre chose. Pour avoir été parfois curieux sur certains points ou pour avoir entendu parler de tels ou tels événements considérés comme nuls et non avenus, de l'existence du monstre du Loch Ness ou du Mokele Mbembe africain jusqu'à l'alien de Roswell, j'avais développé depuis longtemps ma théorie du complot personnelle, plutôt bienveillante, assez semblable à celle du film *Men In Black*, justifiant certains mystères scientifiques ou certaines non-informations par la nécessité globale de nous protéger, nous, pauvres frères humains. Mais puisque j'étais venu jusqu'ici, je me devais d'aller tenter de tirer au clair cette histoire d'oeuf, et le mieux pour l'instant était tout simplement de me rendre sur le site des travaux de la Northern Line où l'objet avait été découvert.

* * *

Malgré tous les chantiers de rénovation effectués à l'occasion des Jeux Olympiques, le métro londonien, ce bon vieux *tube*, accusait ses 149 ans d'existence avec quelques rides bien visibles, voire quelques crevasses qui ne l'embellissaient guère. Mais quel meilleur moyen pour me rendre sur les travaux du métro que le métro lui-même ? De la station de Camden Town à celle de High Barnet il me fallut une bonne demi-heure, via Kentish Town et Highgate notamment, que j'employai à échafauder des plans sur la comète. Primo, ma curieuse sensation récurrente de sentir des ombres furtives passer autour de moi, secundo, le non moins étrange sentiment de la chiromancienne mauricienne de Jennifer, qui parlait de dragons qui essaieraient de communiquer avec elle. Et tertio, cette information livrée puis occultée, selon laquelle on aurait retrouvé un oeuf archaïque énorme doté en son intérieur d'un « poussin » bien vivant. Mais le poussin de quoi ? D'un dinosaure ? Ou le poussin d'un dragon ? Un *dragounet* en quelque sorte. L'idée ne me fit pas rire du tout, même pas sourire. La mémoire des civilisations humaines est pleine de monstres volants et crachant le feu, dans toutes les contrées et sous toutes les latitudes, et il y a fort à parier que s'il en est ainsi c'est que les hommes de la Terre entière ont conservé inconsciemment le souvenir d'une époque où leurs ancêtres, nos ancêtres, ont été confrontés à de telles créatures. Non pas seulement des T-Rex carnassiers cavalant après leurs proies en hurlant et rugissant comme des lions sans crinières, mais des T-Rex volants et lançant des flammes, tout aussi carnassiers, et capables de semer la terreur et la désolation partout sur leur passage. Ne me faites pas dire ce que je n'ai pas dit. Je ne croyais pas à cette possibilité, et, à supposer qu'elle advint, j'avais une totale confiance dans les capacités de nos armées à mater des ennemis aussi archaïques. Mieux, même, cela permettrait pourquoi pas d'unifier les forces planétaires contre un ennemi commun. Qu'ils viennent donc voir de quel bois nous nous chauffions, nous, les humains. Sur un autre versant de ma pensée, ces êtres-là n'étaient pas loin de me terroriser. Non pas tant par leur force et leurs pouvoirs physiques « réels » que par les croisements incertains de la sémantique qui liaient le mot dragon à celui de *dracu*, Dracula, émanation diabolique qui me faisait littéralement froid dans le dos. J'en étais là de mes cogitations souterraines quand le métro stoppa au terminus de la Northern Line, me laissant sur le pavé de High Barnet, prêt à aller toucher du doigt « l'œuf de l'enfer », ou du moins l'emplacement où celui-ci avait été découvert. Je sortis donc de la station en longeant le chantier en cours, qui me mena directement, au bout d'une vingtaine de minutes de marche à pied, jusqu'à un attroupement de photographes et de reporters mêlés à des techniciens, des policiers et des officiels du London Transport. Ce que j'espérais de ce déplacement, je ne le savais pas trop, mais en furetant sur les marges de la saignée délimitées comme il se doit par des bandes de plastic jaune, je commençai à discuter avec une grande femme mince aux cheveux auburn qui se présenta à moi comme une journaliste spécialisée dans le paranormal. Elle était espagnole, devait frôler la quarantaine, elle avait un visage allongé et immobile qui ne manquait pourtant pas de charme et elle parlait français, espagnol ou anglais selon la personne qui l'interpellait ; mais surtout, elle semblait être la seule à trouver une logique dans cet événement mystérieux. Je la vis prendre des notes dans un petit carnet noir portant l'effigie d'un dragon en couverture et je décidai de l'inviter à déjeuner dans un pub du quartier. Elle accepta sans difficultés et c'est ainsi que nous nous trouvâmes attablés au White Lion, un joli pub *so british* de High Barnet, devant une *shepherd's pie* un rien défraîchie.

* * *

Marta Ramirez, puisque tel était son nom, était sans conteste heureuse d'avoir un auditoire pour étaler ses théories. Des mises bout à bout de légendes diverses, mixées dans une sauce personnelle, un salmigondis que tout un chacun aurait jugé complètement fumeux, mais que j'écoutai avec un intérêt nouveau pour les dragons surgis de notre passé.

– L'œuf qu'ils ont trouvé me dit-elle, ce n'est pas un œuf de dinosaure, c'est un œuf de dragon, et ce n'est pas le premier. Vous avez vu le film *Le règne du feu* ? C'est une sorte de *Mad Max* en plus réaliste qui se déroule en Angleterre. Il n'y a plus que des bandes armées retranchées, qui se battent contre des dragons. C'est complètement terrifiant, mais le point de départ du scénario ressemble exactement à ce qui se passe ici aujourd'hui : un dragon qui surgit d'un chantier du métro... Et le plus dingue, c'est que c'est la réalité : le film était déjà basé sur un fait divers qui a été étouffé. Mais on a des documents pour prouver ce que je dis.

Je lui fis remarquer que s'il y avait des documents prouvant ce genre de chose la presse se serait jetée sur l'affaire à la vitesse grand V. Et puis, ajoutai-je, c'est qui ce « on » qui détiendrait des preuves ?

- C'est pas si simple, reprit Marta, imagine que tu es Premier ministre de ton pays, tes services de renseignement, ou de police, ou ton armée t'annoncent, preuves à l'appui, qu'ils sont tombés sur un nid de dragons. Des dragons, ces espèces de serpents ailés qui crachent le feu. Tu fais quoi ? Tu maintiens le secret le plus total possible. Tu ne veux pas affoler le peuple. Tu veux en savoir plus, tu temporises, tu envoies d'autres enquêteurs, des scientifiques, mais toujours en silence, discrètement. En fait tu ne peux pas y croire, donc tu te la fermes ; mais nous on y croit, parce que les preuves, on les a.

- Je vais me répéter, mais ce « on », c'est qui ce « on » ?

- La Direction of Realistic Anatomy for Ground Origin Natives, D.R.A.G.O.N., c'est un groupe de chercheurs en cryptozoologie, tous issus des meilleures universités, mais qui refusent de penser systématiquement à la manière dont le système voudrait qu'ils pensent. Des gens qui continuent à se poser des questions et qui essayent de donner des réponses logiques et non pas les réponses qui conviennent au bon fonctionnement de la machine globale.

Je ne pus m'empêcher d'émettre une sorte de sifflement, mi-admiratif mi-moqueur, que Marta ne releva pas, complètement obnubilée par sa démonstration. Elle poursuivait.

- On a des photos du monstre du Loch Ness, pas les images floues que tu peux trouver sur internet, de vraies images, nettes, précises, incontestables, on a photographié sur la côte californienne un curieux lézard marin ailé, pas très grand, l'envergure de ses ailes ne doit pas dépasser un mètre, mais c'est le seul qu'on ait capté en vol jusqu'à présent. On a une gravure du XIIIème siècle de la cour de Pierre III d'Aragon qui montre un dragon sortant d'un lac alors que le roi faisait l'ascension du Canigou, et des textes qui font référence à l'aventure qui lui est arrivée ce jour-là... Et au Japon, dans les monts Kitakami, on a aperçu une espèce de sauropode que l'on a comparé au *bigfoot*, mais qui fait plus penser à Godzilla quand on voit la photo, même si celle-là n'est pas très très nette. Tu as entendu parler de Godzilla ?

Oui, j'avais entendu parler de Godzilla. Un personnage de cinéma créé dans les années 50 par Tomoyuki Tanaka. A dire vrai, j'étais même assez fan. Assez pour savoir qu'il était censé être une sorte de grand lézard préhistorique réveillé par des essais nucléaires et qu'il avait un pouvoir de destruction assez colossal incluant une capacité très « dragonienne », même si lui n'avait pas d'ailes, à cracher le feu. Mais Godzilla, c'était de la science-fiction... ce que je fis remarquer à mon interlocutrice.

- C'est ce qu'on croit, me renvoya Marta. Si tu envisages une seconde que le scénario de départ soit basé sur une possibilité réelle, à savoir des créatures d'un autre âge « réveillées » par les développements monstrueusement dangereux de notre technologie, tu peux penser qu'il y a une logique. Et si tu accumules, comme nous le faisons, les faits et les documents, les témoignages, les photos, qui montrent qu'une telle réalité existe, tu commences à penser que cette réalité répond forcément à une nécessité. Peut-être celle de maintenir la terre en vie, malgré les assauts des humains...

- Donc, tu penses que les dragons existent, et qu'ils sont là pour nous sauver ?

- Non, pas pour nous sauver, pour sauver la Terre, leur planète, contre nous. C'est nous qui sommes les aliens, ou plutôt les monstres.

Repensant tout à coup à mon travail d'auteur, je me demandai bien comment je pourrais parvenir à lier la mafia à ces créatures, malgré la présence au « générique » de Pierre III, roi d'Aragon et de Sicile... J'en avais assez entendu, même trop, et, en petit soldat finalement bien formaté, je cessai de donner du crédit à ce que racontait Marta. Mais elle reprit de plus belle.

- Tu es écrivain, me dit-elle, tu pourrais écrire de beaux romans avec les éléments que je peux te donner, tu pourrais nous aider, en plaçant les dragons dans la réalité, on pourrait influencer les gens pour qu'ils commencent à y croire, à se poser de vraies questions.

N'ayant pas envie d'épiloguer sur mon travail - je ne sentais pas encore assez la trame de mon futur roman - je préférai questionner Marta sur ce qu'elle savait réellement de l'oeuf de Dancers Hill.

- Je suis arrivée hier soir, j'ai pu coincer les premiers journalistes qui sont arrivés sur place, j'ai discuté aussi avec les gens du British Museum mais je n'ai pas pu trouver les ouvriers qui ont découvert l'oeuf.

- Et ?

- Tout le monde se tait. J'ai vu Katherine Curtis, la journaliste qui a fait un flash qui parlait d'un oeuf vivant, sa version officielle est qu'elle a voulu faire une blague. Elle n'en démord pas, et un responsable de sa chaîne de télévision nous a foncé dessus pour que j'arrête de lui poser des questions. Pareil pour les gens du British Museum, c'est langue de bois et compagnie, impossible d'en tirer un gramme d'authenticité. C'est le black out. Pourtant, si elle a dit ça, et si ça a été repris hier soir, c'est qu'il y avait quelque chose.

- Et l'oeuf, il est passé où ?

- Dans les caves du British Museum si effectivement il n'y a rien. Dans un laboratoire ou pire, sur une base militaire à fin d'expériences, s'il y avait vraiment quelque chose.

- Une base genre Base 51 américaine.

- Oui, sauf que les Anglais sont bien pire que les Américains. Leurs secrets sont bien mieux gardés. Tu peux me croire.

- Et si je te croyais justement, tu me montrerais ces fameux documents ?

- Impossible, ils ne sont pas ici, tout est bien gardé dans la crypte de l'église Sainte-Marthe de Tarascon, en Provence.

Je regardai Marta et un sourire commença à s'élargir sur mon visage.

- Tu me fais marcher ?
- Comment ça ?
- Tu me dis que les secrets les mieux gardés sur la véritable existence des dragons sont à Tarascon ?
- Oui, pourquoi, tu connais ?
- Tu plaisantes, c'est à cinquante kilomètres de chez moi, la légende de la Tarasque et de la ville de Tarascon, c'est une des plus connues qui soient, là d'où je viens. Et il faut que je vienne à Londres sur un chantier de prolongement d'une ligne de métro pour qu'une Espagnole m'explique que je pouvais rester tranquillement à la maison, et que j'en aurais sûrement plus appris qu'en essayant de courser des pseudo-scientifiques britanniques.

- Des légendes comme celle-là, qui attestent de la présence d'animaux phénoménaux en Europe dans les siècles qui nous précèdent, il y en a beaucoup en vérité... Il y a des Tarasques à Madrid, à Grenade, à Valence, à Barcelone, à Tolède, il y la légende de la Gargouille à Rouen, du Graoully à Metz, du Drac à Villafranca, en Navarre, il y a l'hydre de l'Orne, dans les environs d'Argentan, le dragon du Pile, à Roubaix, le dragon de Mézières, qui dévorait les enfants, je vais pas te faire toute la liste...

Marta glissa une carte de visite sur la table.

- Tiens, ce sont les coordonnées de Ruggero Confà. Il est chercheur au CNRS à Avignon. Appelle-le de ma part, il gardera des secrets mais il te dira beaucoup si tu sais le questionner.

Marta se leva.

- Maintenant je vais voir ce chantier de plus près dit-elle. Et pour le moment j'y vais seule.

* * *

Je la laissai filer. J'en savais assez pour le moment. Et j'avais vu trop d'ombres tourner autour du lieu de la découverte pour me sentir à l'aise. A dire vrai même le pub commençait à me foutre les jetons, et si je n'avais pas tenu à la main la carte de visite de Ruggero Confà, expert en cryptozoologie, j'aurais même fini par douter de l'existence réelle de Marta Ramirez.

Je me levai à mon tour, allais évacuer aux toilettes le trop plein de bière absorbé en écoutant l'Espagnole, j'avais il est vrai un faible pour les bières anglaises, puis j'allais régler ma note au comptoir. En sortant du pub je jetai un regard noir sur l'horizon londonien. La ville recelait d'un certain nombre de rappels à la mythologie des dragons, comme cette statue posée sur Fleet Street marquant la limite de la City. Quoi de plus normal que ce soit ici qu'une des ces bêtes se réveille... Si tel était bien le cas. Je haussai les épaules avec un certain dédain, dans je quoi je m'étais embarqué ? Bon sang, ridicule... Puis, comme un taxi était en maraude je le hélai. Une visite s'imposait quand même : au British Museum.

Dimanche 26 août 2012.

**32ᵉ anniversaire de la mort de Tex Avery.
Le matin.**
« *You know what ? I'm happy.* »
Droopy, personnage récurrent de Tex Avery
de 1943 à 1955.

Dans la chaleur étouffante du mois d'août j'avais regagné Marseille en évitant soigneusement d'appeler Jennifer et de là j'étais vite reparti, jouer aux ermites dans un petit village cévenol où je conservais une maison de famille, quelque part entre Alès et la Lozère.

J'en avais eu ma dose de ces histoires de dragons, de bigfoots et de serpents volants, il fallait que je bosse.

Ma visite au British Museum n'avait fait que me conforter dans l'idée que, même s'il s'était passé quelque chose de réellement phénoménal à Dancers Hill, on ne l'apprendrait jamais. Jamais officiellement en tous les cas. J'avais donc abandonné l'idée de me servir des dragons et des ombres pour étayer mon roman. Mieux valait rester sur du concret. La mafia, ça c'était du solide, du Mal véritable et vénéneux mais bien réel, des coups de feu, des coups de sang, de l'intimidation, pas des contes à dormir debout pour grands enfants en mal de sensations. Il y avait bien à quelques kilomètres de mon patelin la légende la Bête du Gévaudan, mais là encore, on n'était pas dans le fantasme cryptozoologique, l'animal était un loup ou un fauve africain gardé sous silence par les autorités de l'époque. Bref, j'étais tranquille, c'est pas là-bas que j'allais me faire rattraper par les élucubrations d'une Marta Ramirez ni celles d'une chiromancienne mauricienne. Je plongeai dans l'écriture. Un truc gentiment tordu à propos d'un évêque mafieux qui mettait de l'ordre dans sa *famiglia* en profitant des retraites religieuses organisées par sa paroisse. L'évêque avait un frère, militaire, pour qui la mafia était une vue de l'esprit, une invention américaine, qui préférait nier l'évidence jusqu'à ce qu'il demande lui-même à *suo fratello* de lui organiser une retraite avant son départ pour l'Afghanistan dans les troupes italiennes participant à la coalition occidentale. Pas de chance. Un abîme de certitudes enfantines allait s'ouvrir sous ses pieds et la lutte fratricide finirait mal. Je n'avais pas encore décidé lequel des deux frères j'allais sacrifier, lequel serait finalement le héros, le rédempteur. Un mafieux bénéficiant si ce n'est d'un retour de foi, du moins d'un retour d'humanité, ou un militaire découvrant que l'horreur à laquelle il participait était encore plus grande que celles perpétrées par son voyou de frère ecclésiastique ? Les deux étaient des salauds et c'est bien ça qui ferait l'intérêt de l'ouvrage. Qui sait si je n'y glisserais pas quand même une Jennifer un peu sorcière, un peu *strega*, parmi les personnages secondaires...

Dimanche 26 août 2012.

**217ᵉ anniversaire du décès de Cagliostro.
A midi.**

*Un dragon je viens de voir un dragon vous
me croyez pas hein !
(...)
Existe-t-il ? Le reptile vit dans les airs.
Cela demeure un mystère
Pour les esprits terre-à-terre.
Puis il réintègre son antre de cristal
Sur la fin du sommeil paradoxal.
Tout est prouvé, les combats qu'il a menés
La nuit durant qu'il a vaillamment remportés.
Aucun sourire avant de mourir
Pour l'animal qui n'a plus nulle part où courir
Car le dragon sommeille
En l'esprit qui est sa demeure.
Le dragon le dragon...*
IAM – « Le dragon sommeille » (1993).

On était dimanche. Je laissai le Vito garé à l'ombre sous le grand cerisier et décidai d'aller tranquillement à pied jusqu'au bistrot boire un café en terrasse et lire le journal. Cela faisait presque dix jours que je n'avais pas mis le nez plus loin que le fond de mon jardin. Il était temps de me tenir un peu au fait des nouvelles du monde. Au café, les clients avaient tous l'air de faire la gueule. Pas de partie de pétanque en cours, et le pastis se savourait à petites doses, comme si chacun le buvait à regret. Et en silence. Un sentiment bizarre s'empara de moi. Comme une main de fer qui tenterait de broyer ma cage thoracique. Je me retournai et vis - presque distinctement - une créature en noir et blanc qui me regardait depuis une venelle menant vers la colline, de l'autre côté de la large baie vitrée du bar. Trop d'isolement m'avait rendu nerveux. Je secouai la tête et regardai à nouveau. La bestiole avait disparu. Je scrutai les gens attablés ou accoudés au comptoir. Personne ne semblait l'avoir vue. Je haussai les épaules et m'approchai du patron, qui n'était autre que mon cousin Fabien, à qui je fis la bise.

- C'est gentil de passer, maugréa-t-il en guise d'accueil, il me semblait bien avoir vu ton camion, mais la maison était tellement silencieuse que personne a pensé à vérifier si tu étais là...

- Je suis resté perché au dernier étage, j'ai un roman à finir, j'ai pas mis le nez dehors.

- On dirait que tu es pas au courant des nouvelles alors...

- Non, pourquoi, qu'est-ce qui se passe, Fab ? Tout le monde a l'air d'avoir avalé son extrait de naissance.

- Tu es un marrant toi, faudrait sortir de tes livres de temps en temps...

- Pourquoi, que s'est-il passé de si important ? Qu'est-ce que je devrais savoir ?

- Tu as entendu parler du Drac, de la Tarasque, du Coulobre ?

- ...

- Des dragons, quoi !

- Les dragons ?

- Mais à quoi tu jouais ? La télé, internet, tu as pas tout ça dans ta baraque ? Oui, les dragons. Dans le monde entier, on en a vu dans le monde entier, des créatures volantes, genre serpent avec des ailes, en Amérique, en Chine, en Russie, en France, on ne sait pas d'où ça sort, ou personne ne veut le dire officiellement, mais tout le monde leur a donné un nom : les dragons.

- Les dragons !

- Oui, les dragons. Je te dis pas le contraire, dit comme ça, ça pourrait avoir l'air d'un jeu pour les gamins. Mais je te promets que c'est pas des blagues. On n'en a pas vu encore ici, mais ça veut pas dire qu'on va pas en voir bientôt, ça se multiplie dans le monde entier... Une sacrée chasse, oui... Les gens d'ici et de la région ont organisé une battue sur la terre de la Bête du

Gévaudan, une battue géante, ils sont plusieurs milliers en ce moment dans les forêts autour de Marvejols, avec même deux avions privés et l'armée prête à intervenir au cas où, des fois que ce soit un dragon aussi, la vieille bête des légendes.

Je regardais Fabien sans y croire. Il enfonça le clou de sa démonstration.

- L'armée, justement, ils ont mis au point un quadrillage permanent par des avions-radars accompagnés de chasseurs pour en déquiller en plein vol, s'ils arrivent à en dénicher.

- Tu es en train de me parler d'une guerre, là.

- Oui, m'sieur, c'est bien à ça que ça va pas tarder à ressembler. Sans te parler des petits malins qui se mettent en tête de profiter du bordel.

Il fit une pause.

- Enfin, ce que je t'en dis, c'est pas vraiment officiel-officiel ; à la télé et dans les journaux tu entendras parler d'E.V.N.I., « êtres vivants non identifiés » dont quatre auraient été officiellement dénombrés en France, localisés, et mis sous surveillance militaire permanente. Pour le reste, j'ai un très bon ami qui est capitaine au 2ème R.E.I. à Nîmes, à la Légion si tu préfères. Je t'assure que depuis une semaine ça chôme pas. Détection des dragons, missions de surveillance, ils en auraient éliminé deux et capturé un qui aurait été emmené dans une base secrète sur une île française dans l'hémisphère sud...

J'avais écouté les explications du barman de la famille avec une attention de plus en plus stupéfaite. Il me regarda en me faisant un geste de la main, genre « ho, ho, réveille-toi »... J'étais littéralement pétrifié. Je pensais à mes prémonitions diffuses, à l'oeuf de Dancers Hill, à Marta, à son groupuscule de scientifiques qui avaient compris avant tout le monde que quelque chose était en train de se passer. Il fallait que je l'appelle. Bon sang. Je tapai du poing sur le zinc et apostrophai le cousin Fab.

- Sers-moi un café, bien bien serré, s'il te plaît.

Puis je sortis le téléphone portable de ma poche.

Lundi 27 août 2012.

37ᵉ anniversaire de la mort d'Haïlé Sélassié, roi des rois, Négus d'Ethiopie.
*« Check out the real situation
Nation war against nation
Where did it all begin, when will it end
Well it seems like the total destruction
The only solution »*
Bob Marley – "Real Situation" (1980).

Au revoir la campagne. Le lendemain, au petit matin, j'avais repris mes cliques et mes claques, récupéré le flingue de mon paternel qui restait habituellement à la maison du village, et arrimé tout ça dans le Vito, le 9mm (un CZ75 Parabellum) à portée de main, pour son côté rassurant même si je doutais de sa capacité à freiner une attaque de dragon. Sur la route, une circulation minimum, quelques camions, peu de particuliers, et je croisai à plusieurs reprises des véhicules militaires, quelques blindés légers semblant postés en surveillance aux entrées des villes. Dans ces conditions je m'autorisais à outrepasser les limitations de vitesse et je conduisis les yeux aux ciel, scrutant l'horizon en quête d'un dragon perdu. Dans la platitude rectiligne de la plaine de la Crau, je me fis l'impression d'être une cible parfaite pour un démon surgissant de l'azur, aussi j'écrasai l'accélérateur et le Vito m'offrit un bon 180 qu'il n'avait pas atteint depuis bien longtemps. J'arrivai à Marseille sain et sauf, me calfeutrai dans mon appart sans balcon (une aubaine, voilà qui allait lui redonner une valeur immobilière) et songeai à ce que m'avait raconté Marta lorsque je l'avais appelée. L'oeuf de Dancers Hills avait bien été amené dans un premier temps, comme elle l'envisageait, au British Museum. De là il avait été transféré au musée de Croydon, dans la banlieue sud de Londres, qui possédait une collection spécifique d'objets liés à la dragonologie en Grande-Bretagne et à travers le monde. Non sans humour, les Anglais avaient donc autorisé cet oeuf à rejoindre sa « famille ». En fait, la Croydon Clocktower, vieux bâtiment dans lequel était installé le musée, possédait une aile importante, Braithwaite Hall, et une tour dominant la ville. Dans les sous-sols de la tour étaient disposées d'une part les réserves du musée et d'autre part un laboratoire scientifique dédié aux bizarreries de la nature, désigné sous l'acronyme humoristique de L.O.L., pour *Laboratory for Odd Life*. Dirigé par le professeur

Anna Kennedy, ce laboratoire était un des affidés du D.R.A.G.O.N., raison pour laquelle Marta était parfaitement informée de ce qui s'y tramait. Or, si la presse britannique avait parlé d'un incendie ayant détruit la partie supérieure de la Croydon Clocktower la vérité était que lors de sa seconde nuit passée au L.O.L., dûment enfermé dans une caisse cerclée de fer et déposée sous scellés dans un réfrigérateur blindé dans une des caves du sous-sol, le poussin avait cassé sa coquille, puis sa caisse, puis son frigo, avant de sortir d'un pas malhabile du confinement dans lequel il était gardé, pensait-on sous étroite surveillance. Pas assez puisque l'animal, qui pesait bien déjà ses trente kilos avec une envergure de plus de deux mètres les ailes déployées, réussit à grimper les marches menant à la salle principale de la Clocktower, non sans avoir au passage brûlé au second degré le gardien de nuit définitivement traumatisé par ce qu'il avait vécu. Grimpant toujours plus haut et se mettant à cracher des flammes, le juvénile dragon avait tout fracassé sur son passage, généré un incendie qui s'était propagé aux étages supérieurs de la tour et il avait pris son envol en faisant sonner les cloches d'un battement d'ailes virulent, sur le coup des 3 heures du matin. Pour dire la vérité de manière complète, le gardien avait eu le temps de prévenir Anna Kennedy qui alerta aussitôt le contact militaire qu'on lui avait donné, le major Kenneth C. Paolini, ce qui permit à la Royal Air Force de lancer à ses trousses deux Tornadoes GR4 qui l'abattirent sans sommation au-dessus de la lande à quelques encablures au nord de Stonehenge. Marta me rapporta plusieurs événements du même type et me demanda si j'étais prêt maintenant à rencontrer Ruggero Confâ, elle me dit qu'il était absolument nécessaire qu'un observateur possédant mon profil soit en situation de rédiger au jour le jour le récit des événements qui ne manqueraient pas de se produire, qu'il ne fallait pas pour cela des vidéos et des caméras numériques, mais de l'encre et du papier, car si l'espèce humaine était réellement menacée, ce dont elle était totalement convaincue, il fallait laisser un témoignage qui puisse résister à l'usure du temps. Le mieux, me dit-elle, serait de le graver dans la pierre, et on va essayer de trouver les gens qu'il faut pour ça, mais avant il nous faut un rédacteur, qui rédige sur du papier solide, avec de l'encre de qualité, afin que nous puissions - lorsque cela s'avérera nécessaire - protéger ce récit et le mettre à l'abri pour les hypothétiques générations futures. Face à sa détermination je lui promis de prendre contact avec Confâ et de réfléchir à cette invraisemblable proposition de devenir l'ultime témoin de la destruction de notre monde…

Mardi 28 août 2012.

**1582ᵉ anniversaire de la mort
de Saint-Augustin. Le matin.**
*« Des témoins affirment avoir vu une sirène
au large de Kiryat-Yam (Israël).
La municipalité de Kiryat-Yam, près de Haïfa,
prétend que plusieurs dizaines de personnes au
cours des derniers mois affirment avoir aperçu
une sirène dans la mer. "Beaucoup de gens
disent qu'ils sont sûrs d'avoir vu une sirène et
ces personnes n'ont apparemment aucun lien
entre elles. Les témoins parlent d'un grand
poisson avec un visage féminin", rapporte un
employé de la mairie. Les autorités
municipales de la petite ville israélienne de
Kiryat-Yam ont annoncé un prix d'un million
de dollars à toute personne qui peut prouver
l'existence d'une sirène dans ses eaux. Il n'est
pas nécessaire de la capturer, une photo
suffirait. »*
Journal *Le Méditerranéen* du jour.

En d'autres temps j'aurais franchement rigolé.
Une sirène..! J'aurais peut-être même rajouté « et

pourquoi pas un dragon tant qu'on y est ? ». Le hic c'est que, justement, on y était. L'existence des dragons était désormais avérée. Alors pourquoi pas celle des sirènes. Et après ça, les géants, les ogres, les fées, les trolls, Cerbère le chien à trois têtes, l'Hydre de Lerne, avec ses tentacules et ses sept têtes (qui dit mieux ?), le phacomochère et le loup-garou, le sargail, la licorne, Godzilla et King Ghidorah (tiens, trois têtes lui-aussi). Où s'arrêterait-on ? Tout ça était si invraisemblable que je ne parvenais pas à me faire à l'idée que les dragons étaient entrés dans la réalité de notre époque, qu'on en avait vus, enregistrés, filmés, et même abattu au moins un, dans le ciel britannique. Aux dernières nouvelles d'ailleurs les Chinois n'étaient pas en reste, le black out était total mais Marta avait aussi des correspondants en Chine qui lui avaient rapporté qu'un monstre volant était sorti du Yangtse Kiang, à quelques dizaines de kilomètres à l'est de la ville de Chongqing, au niveau des gorges dites de la « Porte du Dragon ». Là encore l'aviation chinoise avait pu pister l'evni et le maîtriser. Chaque jour apportait son nouveau lot d'apparitions dragonesques.

* * *

Je ne savais pas si je souhaitais devenir le témoin que Marta voulait faire de moi mais je décidai d'appeler son ami, Ruggero Confà, pour tenter d'avoir une opinion scientifique digne de ce nom. Au niveau des autorités, on naviguait dans le flou le plus total, entre le désir de minimiser, voire de nier, les apparitions de dragons et celui de protéger les populations face à un danger que l'on savait désormais palpable et réel. Aussi la circulation n'était-elle pas pour l'instant entravée, seulement voyait-on davantage de militaires postés ici et là aux entrées et sorties des villes, sur les points hauts des territoires, autour des édifices stratégiques. Cela commençait à rendre la population nerveuse, mais les méfaits des dragons restaient pour tout un chacun davantage de l'ordre de l'anecdotique que du réellement dangereux. Aussi, malgré les frayeurs que je m'étais faites en roulant sur la plaine de la Crau, lorsque Ruggero Confà me demanda de faire le trajet jusqu'à Avignon, une centaine de kilomètres, je décidai de répondre positivement à sa requête. Le CZ bien calé dans mon dos, je me mis au volant du Vito et m'engageai sur l'autoroute. Le temps était au beau fixe, le ciel d'un bleu clair semblant immuable, je roulais à bonne allure, au maximum de la vitesse autorisée. La circulation était fluide mais presque normale. J'étais au niveau d'Orgon, à peu près à mi-chemin de mon parcours, sur ma droite la Durance n'était qu'un ruisseau qui serpentait entre les galets de son large lit. Je venais d'arrêter la radio, encore de la musique insipide et minable pour crétins décervelés, quand j'entendis une sorte de piaillement monumental. La grosse berline que je m'apprêtais à dépasser fit une embardée qui manqua de peu nous envoyer elle et moi dans le rail de sécurité. Dans la même fraction de seconde je ralentis le Vito en laissant filer la berline, me rabattis sur la voie d'arrêt d'urgence, tâtai mon flingue et levai les yeux vers le ciel... Ouch ! Un vrai coup de massue pour ma conscience. Un animal sombre et massif doté d'ailes dont l'envergure devait bien faire quatre mètres volait vers moi en rase-mottes en crachotant des flammèches. J'accélérai brutalement en fonçant droit sur lui, je vis qu'une flamme beaucoup plus puissante était en train de sortir de sa gueule mais avant qu'elle ne m'atteigne il avait brusquement rectifié sa trajectoire vers le haut, évitant le choc avec le Vito. Je sentis une onde de chaleur intense mais je continuai à rouler, le pied appuyé au maximum, totalement à fond, sur la pédale de l'accélérateur. Dans le rétroviseur je vis le dragon remonter vers le ciel et disparaître vers l'est, vers les sommets du Luberon. Sur l'autoroute tout semblait normal, je roulai comme une fusée en dépassant tous les véhicules, la radio ne donnait aucune info concernant l'apparition d'un dragon au niveau de la ville d'Orgon. Mystère. En arrivant à Avignon toutefois, je croisai deux Mirage 2000 volant à basse altitude qui venaient probablement de la base militaire 115 d'Orange, sans aucun doute à la poursuite de mon dragon. Je n'avais donc pas rêvé...

Mardi 28 août 2012.

25ᵉ anniversaire de la mort de John Huston. L'après-midi.

« As on and on from stone to stone
The monsters come and go
And every one the step we follow back again
Oh they can run
They can hide
But we will hunt
And we will find them
They can crawl
And then they die
Until our work is done. »
The Cure – "The Dragon Hunters Song" (2004).

Ruggero Confà était une espèce de colosse conservant une trace d'accent italien. Le sourire enjoué, le visage presque glabre, il affichait une bonne cinquantaine d'années et un quintal de muscles harmonieusement répartis. A l'opposé de l'image de rat de bibliothèque que je m'étais forgée de lui après que Marta m'en eut parlé. C'est bien cependant dans une immense bibliothèque qu'il me reçut, installée dans une cave aux hautes voûtes en sous-sol des bâtiments du CNRS avignonnais qui occupait un ancien hôtel particulier bâti sur les ruines d'un monastère du dixième siècle. Un lieu propice à suggérer l'effroi et la magie, où une pensée mystique pouvait croître et prospérer sur le terreau d'un passé dont on ne connaît jamais les réelles circonvolutions. Ruggero Confà lui, lisait dans ce passé des complexités cryptozoologiques peu rassurantes. Il n'était pas un mystique, il n'attribuait pas aux dragons des pouvoirs méphistophéliques, pour lui ils étaient simplement des animaux comme les autres, dotés d'une singularité qui expliquait cette soudaine résurgence : la longévité de leurs oeufs une fois enterrés dans de bonnes conditions de climat et d'aérobie.

- Les hommes ont croisé des dragons tout au long de leur histoire. Ils ont transformé ces rencontres en légendes, en mythes, en récits fantastiques, mais, si on les étudie de plus près, on peut attester certaines de ces rencontres.

Confà se levait, prenait des livres sur les étagères, les déposait sur la table autour de laquelle nous nous étions installés. Il parlait naturellement fort et il avait le tutoiement facile. A dire vrai il possédait tous les attributs pour fasciner son auditoire. Je ne pouvais rien faire d'autre que de l'écouter, conquis par ses démonstrations et ses réquisitoires.

- Tu sais, en Provence, vous avez tous les exemples que vous voulez. Tiens, que signifie d'après toi le nom de la ville de Draguignan ? Au Moyen Âge, son appellation était plus proche du latin, elle se dénommait Dracoenum, à d'autres époques on l'a appelée Dracontia, et même Draconia. Pourquoi ? Tout simplement parce qu'elle a été bâtie au voisinage de marécages qui étaient l'habitat naturel d'un dragon, et pendant une période celui-ci a tenté de récupérer son territoire en harcelant les habitants de la ville jusqu'à ce qu'il soit vaincu, abattu serait un mot plus exact, par une troupe d'hommes courageux dirigés par un nommé Hermentaire, qui était alors évêque d'Antibes, aux alentours de 450, et qui a été canonisé ensuite. Maintenant, quant à être absolument sûr qu'on parle là d'un dragon, c'est délicat. On pourrait aussi penser à un lion, généralement ils n'habitent pas les marécages mais on a le contre-exemple des lions de l'Okavango, au Botswana. Hermentaire était peut-être un petit malin qui en a profité pour faire croire qu'il avait vaincu une créature maléfique. Mais il y en a d'autres, et l'église catholique a récupéré à son compte la plupart de ceux qui les ont terrassés. Saint-Véran par exemple. Celui-là, il aurait éliminé le Coulobre de Fontaine de

Vaucluse, à quelques kilomètres d'ici. Pas un lion cette fois, c'est certain, puisque les descriptions et les témoignages parlent d'un reptile géant. L'histoire est embrouillée, ce Véran, devenu Saint-Véran du jour où il a vaincu ce dragon aquatique, vivait au sixième siècle, il était de Cavaillon, mais il a donné son nom à un village alpin tout en étant aussi signalé comme étant de Mende d'un côté et de Vence de l'autre. L'animal qu'il a éliminé lui, fait penser à Nessie, le monstre du Loch Ness. Tu me parlais de sirène, tout à l'heure en arrivant, il n'est pas impossible qu'on en ait eu une à Rousset, un petit village non loin d'Aix-en-Provence, en bordure de l'Arc. Si ce n'est qu'on peut difficilement porter crédit à la légende qui voudrait qu'elle ait épousé un chevalier. Une autre légende intrigante est celle de la « mandragoule », à Joucas, dans le Vaucluse ; cette fois c'est dans le château qu'aurait vécu un animal étrange, une sorte de salamandre géante. Avoue que ça commence à faire. Je ne te parle même pas de la Tarasque vaincue à Tarascon par Sainte-Marthe. Celle-là était la soeur de Lazare et de Marie-Madeleine, elle a soigné Jesus avant de débarquer en Provence, on est donc au tout début de notre ère, et l'animal qu'elle a vaincu vivait semble-t-il dans des marais. Tiens, lis ça.

Il me fit glisser un livre à la reliure ouvragée, visiblement vieux de plusieurs siècles, *La légende dorée*, de Jacques de Voragine. Je lus à haute voix le passage qu'il m'indiquait :

- « Il y avait, à cette époque, sur les rives du Rhône, dans un marais entre Arles et Avignon, un dragon, moitié animal, moitié poisson, plus épais qu'un bœuf, plus long qu'un cheval, avec des dents semblables à des épées et grosses comme des cornes; il se cachait dans le fleuve d'où il ôtait la vie à tous les passants et submergeait les navires. »

- C'est ça, en fait on a affaire soit à des animaux amphibies, type monstre du Loch Ness, Tarasque, Coulobre, soit à des animaux vivant sur des hauteurs et tentant parfois d'investir des bâtiments. Ainsi Arles fut-elle hantée par des dragons bien plus tard, au douzième siècle, ainsi Marseille a aussi son chasseur de dragons, Victor, qui en terrassa un qui vivait dans une calanque et qui devint Saint-Victor, donnant son nom à une des plus vieilles et des plus imposantes abbayes de France, aujourd'hui en plein centre de la ville. Ne t'étonnes pas si un de ces jours quelques dragons sortent de là et se répandent au coeur de Marseille en dévastant tout sur leur passage!

Ruggero partit d'un rire tonitruant. J'essayai de réfléchir un peu. Il y a avait donc partout en Provence des traces de dragons. J'en avais vu un moi-même, pas plus tard que cet après-midi. Les légendes étaient-elles donc toutes des expressions déformées d'une réalité complexe que notre civilisation avait réprimée ? Ruggero jeta sur moi un oeil inquisiteur et reprit posément.

- Sache que tout ce que je t'ai dit à propos de la Provence tu pourrais le retrouver presque à l'identique dans tous les pays du monde. Au départ il y a le mot grec *drakhon*. Il se décline en *draco* en latin, *drachen* en allemand, *drake* en anglais, *dracul* en roumain (le fameux Dracula), *drach* en catalan et en occitan, *draak* en néerlandais. Partout où des villes, rivières, des montagnes, des villages, des personnages, ont une étymologie qui comporte cette racine, tu peux être certain qu'il y a quelque part une légende qui parle d'un dragon. Et il y en a trop, trop similaires, comme un modèle répété et re-répété, pour qu'il n'y ait pas une vérité cachée derrière. Une vérité toute simple : les dragons ont existé. Et les revoilà !

Mardi 11 septembre 2012.

11ᵉ anniversaire de l'attentat des Twin Towers de New York.
« *Hell's brewin', dark sun's on the rise
This storm'll blow through by and by
House is on fire, viper's in the grass
A little revenge and this too shall pass.* »
Bruce Springsteen – "Lonesome Day" (2002).

Durant la fin du mois de juillet et tout au long du mois d'août les apparitions de dragons se firent de plus en plus nombreuses. On en avait observés sur l'ensemble du territoire français, et, au-delà, à peu près partout en Europe, avec une double prédilection d'une part pour les berges des rivières et les zones marécageuses et d'autre part pour les hauteurs. Curieusement ces dragons d'altitude ne semblaient pas avoir d'ailes, ou bien des ailes atrophiées. On n'en avait repérés que très peu capables de tournoyer au-dessus des cimes, et encore ces rares observations n'avaient eu lieu que dans des zones montagneuses lacustres. La situation semblait à peu près similaire en Asie orientale. On en avait beaucoup observés également en Afrique du nord et en Afrique de l'ouest. A Bornéo, un dragon impressionnant fut rapproché du mythe local de Kinabalu, tandis qu'à Haïti on en aperçut à plusieurs reprises, faisant resurgir le culte vaudou de Aido Hwedo. Le Conseil de Sécurité de l'Onu avait pour une fois obtenu l'unanimité pour créer une brigade internationale d'intervention dénommée I.B.U.C.C. (*International Brigade for Unidentified Creatures Control*). Ses membres portant des uniformes noirs et de grosses lunettes sombres censés les protéger contre le feu des dragons furent vite appelés les *Men In Black* par toute la population de la Terre. En un mois les Men In Black étaient partout, contrôlant l'ensemble des points névralgiques de la planète, et même les pays de l'arc musulman s'étaient résolus à oublier toute forme de djihad et à se mettre sous la protection de l'Ibucc. De toutes les nations du monde, une seule en fait avait refusé à l'Ibucc le droit d'installer une base ou des hommes sur son territoire : la petite principauté himalayenne du Bhoutan dont le drapeau, arborant lui-même un dragon, dénommé Druk, le dragon du tonnerre de la mythologie bhoutanaise, était censé protéger le pays contre les assauts brûlants de la nouvelle menace universelle. Les dragons jusqu'à présent, peut-être inquiets du déploiement de forces à leur encontre, en étaient restés à des survols et des apparitions brutales, aucun n'avait semble-t-il perpétré d'acte « officiellement » belliqueux. Les Men In Black en revanche avaient réussi à aller en déloger quelques-uns dans les marais immenses de Polystovo-Lovatskay, dans la région de Novgorod en Russie, et tout un nid avait été décimé par des Marines américains dans les Everglades, à une vingtaine de kilomètres de la ville de Miami, en Floride. Un fait unique en Amérique du nord, où l'on avait relevé en revanche des apparitions de plus en plus nombreuses de créatures géantes dans les Montagnes Rocheuses, des *bigfoots* dont la morphologie semblait se situer quelque part entre King Kong et Godzilla, avec le torse puissant de l'un et les écailles griffues de l'autre. Tout ce cirque était à la fois démentiel et contradictoire. Qu'attendaient donc les dragons et leurs congénères terrestres pour donner l'assaut ? Après tout, si le camarade Confã avait vu juste - et jusqu'à présent lui et son groupe de chercheurs fous semblaient bien ne pas s'être trompés - les « evnis » étaient là pour nous donner une leçon, eux qui, comme le racontaient de nombreuses légendes dans tellement de cultures différentes à travers la planète, étaient les réels possesseurs de cette Terre... Or, d'une certaine manière, rien ne se passait. Si des dragons avaient été tués, aucune bête n'avait été exposée à la vindicte populaire afin que les humains puissent exorciser leur peur, et, surtout, aucun dragon n'avait pour l'instant tué un homme. Etions-nous si bien protégés que ça par les Men In Black, et l'attaque que j'avais essuyée sur l'autoroute, entre Marseille et Avignon, était-elle une expérience isolée non reproductible ?

Pour ma part j'en avais pris mon parti, laissant à l'Onu, à l'Ibucc et aux gouvernements le soin de gérer la gent ailée et cracheuse de feu. J'étais entouré d'ombres de plus en plus prégnantes qui semblaient parfois me frôler et je ne devais ma survie mentale qu'à l'alcool qui me permettait de les tenir à l'écart. Mon roman était terminé et je l'avais adressé à mon éditeur, mais plus personne n'en avait rien à faire d'une histoire de mafia et des sentiments ambivalents d'un militaire et de son frère face à leur culpabilité ou non-culpabilité morale. Je m'en tamponnais moi-même comme les autres, vivant au jour le jour ce qui ressemblait quand même particulièrement bien à une fin du monde, comme l'avaient prédit les Mayas, ou tout au moins à une possible fin des humains. L'économie mondiale partait en breloque encore un peu plus, les bourses avaient chuté, les paysans avaient peur d'aller aux champs, les villes regorgeaient d'une nouvelle population querelleuse et affamée, des sectes se créaient un peu partout vouant un culte au dieu Dragon, Draco, Dracul, et la société dans son ensemble était mise en coupe réglée par des institutions à la solde des grandes multinationales encore en vie, regroupées au sein d'un consortium de plus en plus totalitaire visant à domestiquer, « gérer » et gouverner l'ensemble de la planète. Un vrai film de science-fiction façon *New York 1997* ou *Demolition Man*. Les dragons, si tant est qu'ils ne fussent pas la propre invention de cette oligarchie du fric, comme l'avait peut-être été Al-Qaeda douze ans plus tôt, étaient devenus en moins de six semaines le prétexte parfait pour faire basculer la Terre entière dans un obscurantisme à la fois technologique et mystique qui n'allait pas tarder à tout balayer sur son passage, pour le plus grand bonheur de quelques milliers d'ultra-privilégiés.

C'est alors que survint l'attaque de New York.

* * *

Hasard, intelligence ou manipulation, quatre dragons, en tous points conformes aux descriptions des légendes, surgirent au coeur de Ground Zero, à New York, le jour de l'anniversaire de l'attentat des Tours Jumelles, alors que le président des Etats-Unis, Barack H. Obama, le maire de New York, Michael R.

Bloomberg et diverses personnalités, états-uniennes et étrangères, étaient en route pour rejoindre les lieux pour les traditionnelles cérémonies commémoratives. Les Men In Black sécurisaient le secteur, secondés par la police et les pompiers de New York, ainsi que les hélicoptères de la 10ème Division de Montagne d'Infanterie Légère de Fort Drum. Tout semblait se dérouler sans anicroche jusqu'à ce qu'un des pompiers présents sur place ne signale un tremblement léger dans la partie du sud-est du périmètre, près de la station de Cortland Street. Etait-ce le passage d'un métro ? Un effondrement en sous-sol ? Le colonel Kadri Kassir, un Suisse d'origine syrienne à la tête des Men In Black, envoya sur-le-champ un détachement de cinq hommes afin d'inspecter le sous-sol dans la zone déterminée. Ils n'eurent pas le temps d'atteindre le second niveau sous la dalle de Ground Zero que l'ensemble du périmètre ressentit à son tour les tremblements qu'avait signalés le pompier, mais de manière beaucoup plus violente. Quelques dizaines de secondes se passèrent ainsi où tout le monde observait tout le monde avec angoisse. Chacun espérait que Batman allait surgir pour terrasser les *villains* qui menaçaient Gotham City. Mais ce n'était pas de la BD. Kassir eût tout juste le temps de contacter l'escorte du président Obama pour lui faire rebrousser chemin au plus vite que le sol s'ouvrit au centre d'un des deux bassins de Ground Zero, cédant la place à un animal phénoménal, qui se mit à battre des ailes et à cracher du feu jusqu'à la Freedom Tower encore en construction. Il en atteignait facilement le huitième étage. Ses flammes firent des ravages parmi les Men In Black montés à l'assaut et le deuxième dragon sortit alors du second bassin envoyant aussitôt *ad patres* un des trois Blackhawks du 10ème de Montagne. Le premier dragon s'envola dans un rugissement monstrueux qu'on entendit en écho jusqu'à Jersey City et Hoboken, il prit la direction du nord, survolant Harlem, le Bronx, Yonkers, puis le cours de la rivière Hudson jusqu'à ce qu'on le perde du côté du lac Champlain, à la frontière canadienne. Deux dragons sortirent de chacun des deux bassins. Un des quatre fut tué sur place par les renforts arrivés en moins de trois minutes, un second fut abattu au-dessus de l'océan, deux parvinrent à disparaître vers le nord. Le dernier des quatre, le plus immense, lança un jet de flammes si violent qu'il mit le feu à une des tours en construction sur le site, d'un coup d'aile il fit s'écraser au sol un second Blackhawk avant de s'élancer jusqu'à l'Empire State Building. Il se posa un instant sur son sommet, lança un nouveau jet de feu qui lamina le troisième Blackhawk et parvint à son tour à fendre l'air vers le nord avant que l'aviation ne puisse l'abattre. Bilan de l'aventure : 53 morts parmi les militaires, pompiers et policiers, 12 chez les civils, 2 dragons abattus, et un traumatisme rouvert doublé d'un effroi grandissant face à l'inconnu. Je venais de vivre tout ça en direct. Par une sorte de hasard, ou bien parce qu'on était justement le 11 septembre, ma télé était allumée sur CNN. Le truc était absolument apocalyptique et les dragons en vérité absolument merveilleux.

SUR LA TERRE DES DRAGONS

*Compte-rendu de Termil-Paksaamal
au Conseil Supérieur de Tarra-001*

« Mes chers amis, maître Siwolfann-Riink, mes frères. Rien n'est réglé sur 408. Les Eclaireurs ont dû se montrer prudents jusqu'ici car les petits hommes qui peuplent cette corde ont des capacités de réponse à nos actes bien supérieures à ce qu'il ont eu par le passé, lors de nos précédents voyages sur leur Tarra. Ils ont évolué, et, comme vous le pressentiez, maître Siwolfann, pas du tout dans le bon sens. Nous allons devoir leur mener une guerre plus précise et plus importante et, si nous ne parvenons pas à les contenir par la Terreur et les flammes, nous devrons faire appel aux Supras afin qu'ils s'intègrent parmi eux et prennent la direction de leurs nations.

Nos Eclaireurs ont mené à bien plusieurs missions, et l'une d'entre elles était d'identifier les individus avec lesquels les Supras peuvent entrer en fusion. Nous en avons répertorié plus de trois cents, ce qui devrait nous permettre dans un premier temps de freiner la dérive de 408 et ensuite, en suivant le rythme biologique et politique des humains, d'en prendre le contrôle d'ici quelques années. Il sera temps alors de prendre une décision définitive.

Maître Siwolfann, mes amis, mes frères, comme vous le savez, certains Supra ne ressortiront pas vainqueurs des fusions qu'ils seront amenés à faire si l'on doit en arriver là. Aussi, je demande à ce que les Supra qui ne souhaitent pas prendre ce risque puissent se retirer dès aujourd'hui du Programme 408. Il y a d'autres cordes à surveiller où leur présence sera utile sans mettre leur vie en danger. »

Lundi 1er octobre 2012.

51ᵉ anniversaire de la création de la CIA.
« *Comment ont-ils fait pour passer de un à un million en une seule année ?* »
Alice Krige, extrait des dialogues du film
Le règne du feu, de Rob Bowman (2002).

Comment décrire l'apocalypse ? A compter du 11 septembre tout ne fut plus que cris de guerre, angoisse et terreur, traque au dragon, besoin d'extermination. Les dragons il est vrai, étaient maintenant rentrés dans le jeu. Tout ce qui jusqu'alors avait pu ressembler de près ou de loin à un conte de fée ou à de la science-fiction était devenu une guerre mortelle. Des villes partirent en fumée. Des populations de millions de personnes furent déplacées vers tous les plateaux à moyenne altitude de la planète, qu'il semblait que les dragons eussent du mal à atteindre. Des usines furent dévastées. Des plantations pulvérisées. Plusieurs centaines de milliers de morts, peut-être davantage, en quelques semaines. Et plusieurs centaines de dragons, également. Les Men In Black, plus présents que jamais, avaient pris le pas sur les gouvernements, et l'Onu avait de fait perdu le contrôle de la situation. Le courageux Kadri Kassir, qui dirigeait les opérations le jour du 11 septembre, avait eu beau tempêter, le commandement opérationnel des Men In Black avait été dévolu, en ce 1er octobre, au prince Guillaume de Luxembourg, général en chef de la micro-armée du Grand-Duché, mais surtout fils de Jacques-Henri de Nassau, président de plusieurs assemblées d'actionnaires des plus importantes multinationales européennes, et leader du nouveau consortium financier qui s'était créé de manière très discrète lors d'un forum exceptionnel à Davos, à la fin du mois de septembre. Nassau régnait sur son monde, celui de la finance, et la finance régnait sur le monde. Dans ce maelström sanglant, Nassau père et fils étaient devenus les véritables dirigeants d'une planète unifiée dans une guerre contre les dragons. Au passage, tout le reste était en train d'être oublié et le fossé séparant les riches des pauvres, les nantis des crève-la-faim, les hommes libres des esclaves, était en train de s'ouvrir plus vite encore que la Terre dégorgeant ses dragons.

Je zonais toujours une bouteille à la main, dans un état permanent de semi-ivresse. Marseille, jusque là, avait été épargnée. Les dragons de Saint-Victor prédits par Ruggero Confâ, n'étaient pas sortis de leur antre et chacun faisait plus ou moins semblant de vaquer à ses occupations. L'Ibucc, se substituant aux gouvernements, nous avait construit des secteurs retranchés que les dragons n'étaient pas censés pouvoir atteindre, à rejoindre en cas d'alerte, et je n'étais visiblement pas le seul à faire couler l'alcool à flots pour oublier le mauvais air du temps. Depuis ce remake terrifiant du 11-Septembre, beaucoup de chômeurs et de chômeuses s'étaient engagés dans les Men In Black, certains portés par un patriotisme « humain » avouable, d'autres par cette envie d'en découdre violente et malsaine qui s'était emparé de millions d'individus, d'autres encore, même si le danger était au bout de l'aventure, parce que l'Ibucc rétribuait ses soldats et leur faisait voir du pays. Mais l'obsession qui montait depuis plusieurs semaines dépassait largement l'omniprésence des evnis. Ce vers quoi tendaient tous les esprits était cette date fatidique, qui approchait : le 21 décembre. La prédiction des Mayas, relayée par nombre de mauvais prophètes, entrevue par certains dans les écrits de Nostradamus, cette prédiction qui voulait que le 21 décembre 2012 soit le jour de la fin du monde, ou tout au moins de la fin d'un monde, prenait une consistance de plus en plus claire. Les sceptiques se faisaient rares, peut-être étais-je, finalement, le dernier.

Samedi 10 novembre 2012.

60ᵉ anniversaire de la démission du Norvégien Trygve Lie de son poste de secrétaire général de l'Onu.

« L'énorme monstre marin marqua une pause dans sa quête de la délicieuse odeur radioactive. Il expédia un message subsonique à une baleine grise qui croisait à quelques milles de lui (...) La baleine grise continua son infatigable progression vers le sud et répondit par un autre message subsonique qui disait : "Je t'ai reconnu. Marche à l'ombre." »
Extrait du roman de Christopher Moore
Le lézard lubrique de Melancholy Cove
(*The Lust Lizard of Melancholy Cove*, 1999), traduction Luc Baranger.

Plutôt que d'assister impuissant à l'effondrement tous azimuts de la planète - les dragons d'un côté et les Nassau père et fils de l'autre, qui semblaient arriver à point nommé pour mettre en coupes réglées ce qui restait des habitants de la terre et de leurs désirs - le colonel Kassir avait préféré rentrer dans sa contrée de naissance, l'antique ville d'Alep, dans le nord la Syrie. Kassir avait déserté New York, largement désertée elle-même par ses habitants, s'était fait transporter à Genève, au siège du commandement militaire de l'Onu, dans le quartier des Charmilles, un immeuble de verre et de béton protégé par des batteries anti-aériennes ainsi que des chars équipés de missiles sol-air et sol-sol. Là, il avait donné sa démission au commandement dont il dépendait puis il avait rejoint les vestiaires de la salle de sports où il avait ouvert son casier. Il avait ôté un à un tous les éléments qui faisaient de lui un militaire occidental. Les insignes. Le calot. La veste empesée. La chemise trop bien repassée. Le pantalon qui le serrait. Il avait gardé le slip et les chaussettes, avait jaugé du regard les lourdes chaussures de marche noire et décidé de les remettre. Puis il avait pris dans son casier la djellabah qu'il y conservait, qu'il aimait porter lorsqu'il avait terminé ses exercices physiques. Il avait refermé le casier sur sa vie de militaire « officiel » et, ainsi vêtu, « à l'orientale », il avait rejoint brièvement son appartement, proche du stade du Servette, le club de football qu'il avait bien aimé aller voir jouer, de temps à autre.

Kassir s'était allongé sur son lit, les mains croisées sous sa nuque, et avait réfléchi encore une fois. Non, sa décision était bel et bien prise, il irait combattre les dragons à sa manière, là où il pourrait peut-être sauver des gens et des lieux qui lui tenaient réellement à coeur.

Les vols commerciaux étant protégés par des avions militaires, Kassir se fit embarquer par un pilote français qui avait pour mission d'accompagner le vol hebdomadaire Francfort-Damas. A Damas il avait acheté un 4x4 pick-up Nissan d'occasion, modèle Navara, et il avait rejoint Alep, via Homs, en un peu moins de quatre heures.

Les parents de Kadri Kassir avaient été « éliminés » par le régime dictatorial de la Syrie, bien des années auparavant, ce qui avait motivé sa fuite et son exil, il avait donc échappé aux exactions de l'Etat islamique qui suivirent, mais il avait encore une maison familiale, occupée par des cousins dont il avait plus ou moins oublié, ou préféré oublier, les noms. Avant l'arrivée des dragons, Alep était aux mains d'une junte militaro-islamiste qui avait plus ou moins réussi à s'émanciper du pouvoir central, mais ici aussi l'Ibucc avait installé ses hommes, bâti en urgence un nouveau quartier fortifié et se targuait d'être le garant de la sécurité anti-evnis.

Il se mit à pleuvoir sur Alep lorsque Kassir arriva en ville. La maison était installé dans un faubourg qui semblait épargné par l'agitation globale qui s'était emparée de la Syrie comme de toute autre partie du globe. Des femmes voilées en croisaient d'autres qui étaient habillées à l'européenne, les deux mondes « d'avant », Orient et Occident, semblaient, après des années de guerre et de destruction, s'interpénétrer désormais sans dommages. Mais les dragons, eux, étaient omniprésents dans les esprits. En témoignaient des peintures murales, des alertes sonores, les images de la télévision locale et les premières conversations que Kassir surprit, en prenant un café dans un établissement de la vieille ville, près du souk. Une bande de cinq ou six evnis terrorisait les villages et le monastère proches du lac d'As Safirah, à quelques kilomètres au sud-est. Les moines, qui avaient résisté jusque-là à tout, y compris à la pression sanglante des groupes armés islamistes, devaient maintenant faire face à un ennemi autrement plus efficace. Kassir décida sur le champ de les rejoindre et de les aider dans leur combat. Mais avant cela, il fallait qu'il s'entoure de quelques hommes et qu'il trouve des armes. A Alep, ce n'était pas ce qu'il y avait de plus difficile...

Deux jours plus tard, à la tête d'un groupe d'une douzaine de combattants, dont trois de ses cousins et une des ses cousines, répartis sur trois véhicules lourdement armés, dont le Navara qu'il avait acheté à Damas, Kassir fit son entrée dans le monastère.

Un silence de plomb régnait sur les lieux.

Les combattants se déployèrent pour inspecter les bâtiments et au bout de quelques minutes ils découvrirent un charnier dans une cour fortifiée attenante à la chapelle. Les corps étaient déchiquetés et carbonisés, comme s'ils avaient été tenus sur des flammes par d'immenses serres laminant leurs chairs. Kassir avait déjà vu et affronté les dragons et ses hommes, tout comme lui, avaient depuis longtemps perdu toute illusion. Ne leur restait que la colère. Une colère immense. A l'aide d'appareils électroniques qu'il avait acquis à Alep, l'ex-colonel put scanner le secteur et localiser des mouvements aériens suspects au-dessus du lac. Les véhicules commencèrent à faire mouvement. Rapidement, les evnis furent en vue et un combat s'engagea. Venant du commandement de l'Ibucc d'Alep une petite colonne d'engins militarisés et deux hélicoptères des Men In Black rejoignirent Kassir et sa milice. Au bout de vingt-quatre heures trois hommes avaient perdu la vie et un dragon avait été abattu, coulant profondément au coeur de l'eau. Les quatre evnis restant battirent en retraite vers le sud, vers le désert. Le capitaine des Men In Black, une jeune Australienne répondant au nom d'Ellen Bones, dont c'était le premier feu, autorisa le colonel à prendre les commandes d'un des deux hélicos et les engins filèrent à la poursuite des dragons. Dix hommes et leurs armes avaient pu prendre place dans les appareils, le reste de la troupe tentait de suivre par voie terrestre, via les pistes du désert. Deux heures plus tard, les dragons s'installaient dans ce qui restait des ruines de Palmyre, l'antique capitale de la reine Zénobie, l'oasis caravanier au milieu du grand tout.

Parmi les quatre dragons, l'un était d'une couleur légèrement différente des autres et sa peau - ou ses écailles, Kassir n'avait pas approché les bêtes d'assez près pour en préciser exactement la texture - semblait marbrée, avec des rayures allant du marron au vert. Celui-là avait des yeux d'un rouge vermillon lumineux, qui étaient comme une invitation à pénétrer l'enfer. Pourtant, quand le colonel croisa son regard, le frisson qui le parcourut ne fut pas un frisson de peur, plutôt une onde familière, inconnue mais pourtant familière, comme s'il avait déjà croisé - chose impossible, même en rêve - la vie de cette fuligineuse créature. La sensation dura une fraction de seconde puis le dragon s'effondra, atteint par un missile tiré par Ellen Bones. Kassir ressentit alors une curieuse chaleur, comme s'il avait lui même été touché par un éclat. Ce n'était pourtant pas le cas. Sans réfléchir plus avant il continua le combat.

Partout sur la planète, milices spontanés, armées régulières et troupes de l'Ibucc livraient de semblables batailles. Mais les dragons peu à peu prenaient le dessus et investissaient des zones de plus en plus immenses que les humains quittaient en masse, la peur au ventre, tentant de trouver refuge dans les montagnes et les hauts-plateaux, où les evnis avaient plus de difficultés faire régner leur terreur.

Mais la date fatidique du 21 décembre approchait et plus elle approchait plus de nombreux gourous, prêtres autoproclamés d'une religion nouvelle, plus de nombreux hommes et femmes, voyaient dans cette invasion terrifiante la réalisation de la prédiction des Mayas. D'une manière certes inattendue, mais, comment dire, diablement efficace...

Vendredi 21 décembre 2012.

42ᵉ anniversaire du lancement d'Apollo 8, première mission spatiale habitée au-delà de l'orbite terrestre. Le matin.
*« Ride the snake, ride the snake
To the lake, the ancient lake, baby. »*
The Doors – "The End" (1967).

La journée démarra dans un silence total, un silence de mort. D'un commun accord tacite, les trois-quarts au moins de la population encore installée dans la ville avait décidé de rester chez soi, de ne pas aller au travail, ou ce qui en tenait encore lieu, de ne pas sortir faire des courses, de ne pas allumer la télévision ni la radio. Quelques aboiements persistants me réveillèrent cependant. Dans le calme morbide qui régnait, même les nombreux hommes en armes, postés aux points officiellement névralgiques, avaient l'air d'être ailleurs. Il avait bien fallu quand même que les propriétaires de chiens descendent leurs animaux afin qu'ils fassent leurs besoins. Bizarrement les chiens n'avaient pas l'air inquiet, eux. Ils ne semblaient pas ressentir un drame imminent, une catastrophe définitive. Marseille était à eux et leurs maîtres étant plongés dans une aphasie stérile, ils cavalaient comme de bons toutous sur des trottoirs et dans des squares laissés vides pour leur plus grand bonheur. L'un d'eux me sortit donc du sommeil en aboyant joyeusement devant ma fenêtre. Il ne devait pas être beaucoup plus de sept heures et j'avais la gueule de bois, comme tous les jours. Pourtant on aurait dit qu'un tout petit *mojo* revenait danser dans ma tête et que les ombres n'étaient pas là ce matin. Etrange. J'allai à la cuisine et dans un grand verre je me versais un doigt de jus de citron concentré, une cuillère à soupe de sucre en poudre, le tout arrosé de vingt centilitres d'eau bien fraîche. Je frissonnai et m'ébrouai, ça allait déjà mieux. Est-ce que ce jour allait être le dernier jour de ma vie, le dernier jour de l'espèce humaine ? Dit comme ça, ça avait quand même l'air un peu risible. Je décidai que non - ces Mayas étaient en vérité de sacrés plaisantins - et me dirigeai vers la salle de bains pour me faire tout beau tout propre au cas où la Mort vienne malgré tout me rapatrier dans les limbes. Le téléphone sonna avant que je n'aie le temps d'ouvrir le robinet.

- Biagio ?
- Biagio LaMarca, pour vous servir.

Il semblait bien que j'étais d'humeur badine finalement. Après tout, autant mourir en souriant.

D'autant que la voix que je venais d'entendre, pour grave et suave qu'elle fut, semblait me revenir d'outre-tombe. Jennifer. Que me voulait-elle ? Faire l'amour une dernière fois avant la fin ? Voilà qui ne serait pas si banal.

- Ne fais pas le malin, il faut que je t'emmène chez Eva-Eve, elle veut te voir.

- Eva-Eve ?

- Ma voyante.

- La chiromancienne mauricienne ? Tu crois vraiment que c'est l'heure ? Et le jour ?

Plus sévère qu'une institutrice des années cinquante, Jenn clôtura le débat :

- Tu te prépares, je suis chez toi dans une demi-heure. Ne discute pas. Elle vient de me réveiller, elle veut te voir.

Vendredi 21 décembre 2012.
Fête du Dong Zhi en Asie de l'Est et de Yule
dans les pays nordiques, correspondant
au solstice d'hiver. Toujours le matin.
« Now, I am a dragon. Please listen to me.
For I'm misunderstood to a dreadful degree.
This ecology needs me and I know my place.
But I'm fighting extinction with all
of my race. »
The Brobdingnagian Bards –
"The Dragon's Retort" (1999).

Une agitation légère faisait onduler les eaux du Vieux-Port de Marseille. Les bateaux de plaisance, innombrables, qui habillaient cette calanque devenue le coeur d'une immense cité, se trémoussaient comme des pantins raidis par le vent. Mais ce n'était pas de vent qu'il était question, pour une fois. Sous les eaux, invisibles, un animal inconnu faisait des tours désordonnés. Il se sentait nerveux. Son nom était Musilag, mais personne sur cette planète n'aurait pu le prononcer. Il sentait ma présence, mais bien sûr, cela, je ne le savais pas. Quoique. Peut-être l'excitation que je ressentais depuis le matin n'était-elle pas due à Jenn mais à l'imminence d'une rencontre inconnue. De cela, oui, j'en avais plus ou moins conscience. D'une manière diffuse et incertaine.

Jusqu'à présent, Marseille, sous haute surveillance, quadrillée par les Men In Black, son ciel scanné et rescanné en permanence par toutes sortes de radars et de sondes plus modernes et efficaces les uns que les autres, n'avait pas encore identifié une présence d'evni sur son territoire. Aussi l'agitation ne fut pas légère mais maximum, à son comble, quand un point rouge fit son apparition sur les écrans de contrôle en plein coeur de la ville. Le responsable local de l'Ibucc, le major Alban Cadet, se concerta aussitôt avec le maire de la ville, un homme de l'ancienne école totalement dépassé par les événements, et tenta de lui expliquer qu'il fallait réagir au plus vite. Mais l'édile tergiversait et pendant ce temps, Musilag se décida enfin à sortir de l'onde, tel la Vénus de Botticelli. Mais en beaucoup plus gros.

Vendredi 21 décembre 2012.

100ème anniversaire de la naissance du comédien Paul Meurisse, alias "Le Monocle".
Il vous salue bien en cet étrange matin...
« Godzilla, king of the monsters ! It's alive »
Extrait de la bande-annonce américaine du film *Godzilla*, de Ishirô Honda (1954).

L'immense dragon s'ébroua et mit une patte sur le bitume de l'esplanade minérale du Vieux-Port de Marseille. D'un coup de queue il fracassa en mille et un morceaux l'ombrière de verre et de fer qui dominait les lieux et qui avait fait la fierté des urbanistes l'ayant conçue. Si un amateur de films japonais avait été dans le coin, il eût immédiatement pensé à Godzilla. Mais ce n'était pas lui, c'était encore plus étrange. Le dragon, après avoir observé de manière circulaire les options qui se présentaient à lui, se mit à remonter la Canebière, non pas en volant, mais à pied, presque en flânant, comme un promeneur l'eût fait en débarquant d'un paquebot de croisière. Les gens se tassaient au fond des immeubles et des appartements, hésitant entre s'approcher pour voir et s'éloigner au maximum pour fuir. A dire vrai, la plupart choisirent de fuir. On entendit quelques cris ; un hurluberlu s'avança au-devant du monstre et tenta de se prosterner à ses pieds. Le dragon souffla une onde brûlante et l'illuminé prit ses jambes à son cou, fusant vers une ruelle adjacente où l'on se bousculait déjà avec une certaine véhémence. Musilag n'était pas si immense que ça, en fait, sa tête devait arriver au niveau du deuxième étage des bâtiments. Si bien que quand il lança une langue de feu en passant devant l'office de tourisme, ce furent les bureaux de la direction qui s'enflammèrent sur-le-champ, alors que l'animal (la bête ? le monstre ?) poursuivait sa marche. Comme le dit la chanson, l'avenue emblématique marseillaise, la Canebière, finit "*au bout de la terre*". Et pour ceux qui observaient la scène, rencoignés derrière des fenêtres à barreaux ou coincés dans un coin de porte en se faisant aussi minuscules que possible, il semblait bien effectivement que l'instant ne dut jamais finir. Pourtant Musilag avançait sans trop se soucier de ce qui se passait autour de lui. Il brûla quand même le manège de la place de la Bourse, sur lequel, parmi les animaux de bois, tournait une ridicule réplique de dragon cracheur de feu. Puis il renversa avec une certaine négligence la rame de tramway qui lui bloquait le passage à l'angle du cours Saint-Louis, envoyant valdinguer le wagon sur les étals du marchand de coquillage, moules et huîtres explosant sous l'impact. Le tram s'encastra pour finir dans la vitrine d'un chapelier.

Du haut de l'avenue arriva soudain une colonne de véhicules blindés. Le maire avait enfin cédé aux exigences du major Cadet. Le dragon sembla hésiter quelques instants sur le comportement à adopter. Mais il n'était pas là pour tuer des hommes sans compter, il était en mission, il devait en retrouver un bien particulier et c'est à celui-là, et celui-là seulement, qu'il devait aujourd'hui s'affronter...

Il prit donc son envol, ignorant et évitant avec superbe le feu de la mitraille des soldats de l'Ibucc qui tentaient de lui faire mordre la poussière. Il s'éleva assez haut dans l'azur pour échapper aux tirs et se dirigea vers le nord.

Vendredi 21 décembre 2012.

72ème anniversaire de la naissance de Franck Zappa, guitariste. Plus tard.
« Des monstres provenant du subconscient... Oui, voilà ce que le pauvre docteur voulait dire. »
Leslie Nielsen, extrait des dialogues du film *Planète interdite*, de Fred McLeod Wilcox (1956), libre adaptation de *La tempête*, de Shakespeare (1611).

Ignorant tout de l'émergence d'un dragon dans les eaux du Vieux-Port, j'étais pendant ce temps parti en compagnie de Jennifer, pour aller rencontrer cette chiromancienne qui voulait absolument avoir une discussion avec moi. Eva-Eve tenait boutique dans un immense loft, façonné dans un ancien entrepôt dans le quartier des ports, du côté de La Joliette. Sans aucun doute experte en décoration baroque, elle avait fait de ce cube de béton un lieu totalement décalé, ressemblant étrangement à un bel appartement bourgeois du coeur de la ville. Un monte-charge qui devait bien dater des années trente nous emporta en couinant vers le second niveau du loft, qui n'était pas loin de correspondre à un troisième étage. Haut plafond, tentures sombres, immenses vases chinois posés à même un parquet en marqueterie brillant comme des plaques neuves de vitrocéramique, vasques en marbre le long des couloirs menant au centre de l'espace aménagé, l'aspect industriel était totalement estompé, les lieux respiraient le luxe. Un luxe cossu et rassurant, comme si le temps n'avait aucune emprise sur l'endroit. Un rideau de velours entièrement noir tombant d'un plafond de près de six mètres barrait l'entrée de ce qui devait être le salon, ou tout au moins le centre névralgique, de la « tanière » d'Eva-Eve. Une ampoule violette, nue, était allumée, installée sur un guéridon de pierre noire.

- Attends, me dit Jennifer. On entrera quand l'ampoule sera éteinte.

Cela me donna le temps d'une inspection détaillée. Trois mètres sur quatre à peu près, une véritable petite pièce seulement meublée d'un canapé un rien spartiate, lui aussi recouvert de noir, tout comme était noires les deux tablettes disposées de part et d'autre. Le tout, baignant dans la lumière violette, donnait à cette salle d'attente des allures d'antichambre de la mort. L'aspect rassurant de l'immense appartement s'était brutalement effacé, pour céder la place à une sorte d'angoisse sourde. Jennifer transpirait, un sillon de sueur rendue iridescente par la lumière presque noire coulait de son cou. Je m'aperçus moi aussi que mes mains étaient subitement devenues moites.

La lumière s'éteignit soudain et le rideau s'écarta, mu par un mécanisme électrique qui nous ouvrit un passage sur un bref couloir, ou plus exactement un vestibule, de quatre ou cinq mètres carrés.

- Entrez, entrez, fit soudain la voix limpide d'Eva-Eve, n'ayez pas peur, j'arrive, asseyez-vous, je vous rejoins.

Dans la pièce il n'y avait personne... Si ce n'est une impressionnante collection de vanités. En tableaux, en sculptures, moulés, réels, déformés, improbables, cubistes, antiques, numériques tournant sur des écrans d'ordinateurs, les crânes humains étaient omniprésents dans cette vaste salle ceinturée de rayonnages et de vitrines en chêne massif. Deux fenêtres, visiblement ouvertes après coup dans la structure de l'ancien entrepôt, brisaient le rythme des crânes. Au fond de la pièce un bureau Empire monumental, sur lequel trônait un micro-ordinateur PC dernier cri, évidemment noir, et un jeu de tarots. Un siège ergonomique au design ultra moderne derrière le bureau et trois fauteuils crapauds détonant en face, l'un recouvert de cuir vert, le second rouge, et le troisième jaune ; comme une intrusion rasta dans cet univers vaudou et baroque.

Eva-Eve fit son apparition par un des côtés de la pièce, via une porte dérobée cachée à notre vue par un pan de bibliothèque. De taille moyenne, elle était noire comme l'ébène, elle avait les traits fins, les yeux en amandes et les pommettes saillantes d'une asiatique. Une longue chevelure blonde lui donnait un aspect surréaliste. Les ongles longs et manucurés, dorés, étaient assortis à sa crinière. La chiromancienne portait une longue robe fourreau d'un rouge tirant sur le pourpre, arborant bien entendu un magnifique dragon qui s'enroulait autour de sa taille pour cracher du feu à hauteur de sa poitrine. Un vrai cliché à la Tarantino, une Pam Grier revisitée version Fu Man Shu. J'étais à deux doigts d'éclater de rire tant Eva-Eve et son antre me faisaient penser à un univers de cinéma bis, au décor réussi mais kitsch d'une production populaire. Je ne boudais pas mon plaisir toutefois, après être passé de l'autre côté de l'écran pour vivre en direct depuis plusieurs mois une saga fantastique voilà que l'on me proposait d'être un des protagonistes d'une parfaite série B sortie tout droit des seventies. Du nanan. Je réprimai un sourire. Jennifer me jetait des regards convulsés, elle était parfaitement en phase avec l'ambiance ; Eva-Eve était une sorte de maître Yoda décalqué qui allait faire sa grande révélation, Jennifer l'ingénue destinée à être croquée par un monstre et moi, *of course*, le sauveur de l'humanité. La chiromancienne ne me laissa pas divaguer plus longtemps. Son regard cherchait le mien depuis qu'elle était entrée dans la pièce et, dès qu'elle le trouva, elle me vrilla un éclair noir qui me calma instantanément.

- Assieds-toi, mon tout beau ; alors comme ça tu vois des ombres.

Je m'assis.

- Les ombres que tu vois existent. Et je ne parle pas seulement des dragons.

Jennifer tourna de l'oeil et s'affaissa dans son fauteuil, complètement sous l'emprise de cette harpie blonde à la peau couleur charbon.

- D'autres les voient aussi, reprit la voyante.

- Je n'en ai pas vu aujourd'hui. Je vais mieux.

- Les ombres que tu vois existent réellement, dans une autre réalité, j'ai mis des années à en percevoir certaines, parfois, à peine, comme des ombres fugaces. Toi, tu les vois naturellement, ou tu les attires. Et tu es un des derniers, ou peut-être le dernier.

- Peu importe que je voie des ombres, le monde est en guerre contre des dragons. Et je ne peux rien y faire. Alors, mes ombres... Et je vous l'ai déjà dit, elles sont parties.

- Tu es proche des mondes parallèles. Les ombres que tu vois sont leurs reflets. Ce ne sont pas des ombres. C'est une autre réalité, qui vit en même temps que nous, à côté de nous, sur cette Terre, mais pas tout à fait, sur une autre Terre comme celle-ci dans une autre réalité, qui avance parallèlement à la nôtre. Les dragons existent, mais ils ne devraient pas être là, ils appartiennent cette autre réalité. Et c'est toi qu'ils cherchent. Toi et tes pareils. Vous êtes leur porte d'entrée dans notre réalité.

Je n'avais pas de réponse à fournir à Eva-Eve; d'un côté, on continuait à naviguer en pleine série B, pseudo-scientifique cette fois, d'un autre côté ce qu'elle m'expliquait faisait vibrer en moi des résonances profondes. Pourquoi par exemple ce dragon s'était-il approché de moi sur l'autoroute puis avait brusquement changé de cap ? Pourquoi Marta Ramirez m'avait-elle tout de suite « choisi » comme un interlocuteur à qui se confier ? Et surtout pourquoi les dragons ne m'avaient-ils jamais vraiment fait peur, pourquoi trouvai-je depuis le début que tout cela allait de soi, que leur apparition était normale, presque logique ?

- Je ne suis pas seulement une chiromancienne, pour suivit Eva-Eve, si tu préfères tu peux m'appeler docteur Eve-France Dufresne d'Arsel, je suis la descendante de la plus ancienne famille européenne de l'île Maurice, diplômée en physique quantique à l'université de Genève. Mes recherches m'ont amenée à étudier et analyser le travail d'un certain de nombre de mages et de voyants qui ont un sens très particulier de la réalité. Tous ne disent pas n'importe quoi. Certains sont comme toi. Ils perçoivent d'autres possibles, d'autres mondes. Et cela s'explique dès lors que l'on s'intéresse à la théorie des membranes et qu'on la dope à la physique quantique. Tu peux me croire, cela fait des années que je travaille sur le sujet. Mais toi, tu es un cas très particulier. Car non seulement tu perçois les autres mondes, mais les autres mondes te perçoivent aussi. Un, tout au moins : celui dans lequel vivent nos dragons ; c'est toi qui les a attirés. Je ne sais pas comment ils ont traversé la membrane, mais tu les y a nécessairement aidés. Toi et tes semblables s'il y en a. Et vous seuls pouvaient les faire repartir. Mais avant, j'ai besoin de plonger avec toi, de visiter ton esprit, c'est ma seule chance de trouver la pièce qui me manque pour conclure mes travaux. Tout est prêt dans mon laboratoire, juste à côté, dans la pièce voisine.

D'un geste sec, Eva-Eve sortit une arme de poing d'un tiroir de son bureau et me fit signe de la suivre ; Jennifer s'accrochait à mon bras, on n'aurait pas su dire si elle était apeurée, affolée ou surexcitée.

Vendredi 21 décembre 2012.

**133ème anniversaire de la naissance de Joseph Staline, dictateur.
Un peu plus tard, mais guère.**
« *Standing in the hall
Of the great cathedral
Waiting for the transport to come
Starship 21ZNA9
A good friend of mine
Studies the stars
Venus and Mars
Are alright tonight.* »
Paul McCartney and The Wings –
"Venus and Mars" (1975).

La pseudo-scientifique, ou pseudo-chiromancienne, allez savoir, mais mauricienne ça c'était certain, avait son flingue braqué droit sur un point imaginaire entre mon aorte et mon coeur et je me demandais comment j'allais sortir de cette situation calamiteuse lorsqu'un *deus ex machina* pas si inattendu que ça débhoula dans l'histoire. Emergeant du bruit blanc de la ville, on entendit peu à peu monter un vacarme à l'extérieur, isolé de la rumeur lointaine des rues, comme si une ribambelle de camions-poubelles s'empalaient les uns les autres, et soudain un coup fut frappé à une des fenêtres de la pièce, un coup brutal qui se répéta et brisa les carreaux. Un mufle couvert d'écailles apparut, bientôt suivi du corps entier d'un dragon qui bascula toutes les vanités, fit valdinguer d'un sifflement de queue le rideau noir qui fermait les lieux et souffla enfin une haleine brûlante qui propulsa à terre la pauvre Jennifer. Eva-Eve tenta de lui tirer dessus mais la balle se perdit dans le plafond. Le dragon ne la crama pas mais lui balança un coup de patte digne des meilleures scènes de *Kung Fu Panda*. Debout sur ses antérieurs l'animal touchait presque le plafond. Il était silencieux et me regardait. Jennifer était dans les vapes, la Mauricienne au tapis, il ne restait plus que lui et moi. Etrangement, il ne semblait pas me vouloir du mal. Mais que me voulait-il dans ce cas ? Plus étrangement encore, j'avais la sensation de le connaître ou de le reconnaître. Ce dragon était celui qui m'avait foncé dessus sur l'autoroute, j'en étais certain, mais il n'y avait pas que ça. Il était là pour moi, comme l'avait dit Eva-Eve, et je recevais de sa part un message confus, que mon cerveau ne parvenait pas à décrypter parfaitement, mais qui parlait de lui et moi comme d'une seule personne. Une seule entité. Une seule créature.

Je compris que les deux devaient se réunir. Ou c'était moi qui disparaissais en lui ou c'était lui qui disparaissait en moi. Je me demandais si cela était compatible avec la théorie des cordes et des membranes du professeur Eve-France Dufresne d'Arsel, mais j'étais certain que la solution était là, entre lui et moi. C'était bien moi que les dragons étaient venus chercher, soit pour me ramener avec eux dans leur dimension, soit pour m'utiliser comme une passerelle pour conquérir cette dimension-ci. Il n'était pas question de les laisser faire. Ils n'allaient ni envahir la terre ni m'abolir à l'intérieur de l'un des leurs. Mais comment résister ? Qu'avais-je en moi qui me permettrait de ne pas succomber à cet autre moi-même écumant et fumant qui était à deux doigts de me réduire en charpie ?

* * *

Dans la périphérie de mon champ de vision, Jennifer semblait revenir à elle. Elle poussa un petit cri qui me fit tourner la tête vers elle. Le dragon en fit autant. J'avais l'impression de vivre en simultané avec lui. Curieuse sensation, lui était moi et moi j'étais lui. C'était tout ce qu'il y avait à savoir. Si nous étions *un* nous allions donc nous retrouver, et dans ce monde-ci, pas dans le sien, dans ce monde-ci délivré des dragons, j'en faisais mon affaire. Poussé par des certitudes complètement délirantes mais qui pourtant me semblèrent sur l'instant d'une logique implacable, je décidai de lui sauter dessus, comme si moi, frêle quidam, écrivaillon de sous-préfecture, je pouvais terrasser à mains nues un dragon de quatre mètres de haut écumant et rageant...

Et pourtant je lui sautai dessus.

Je sentis comme une brûlure m'échauffer tout le corps et un voyage fantastique commença. Je ne sais pas si cela dura une fraction de secondes ou des journées entières mais pour moi ce ne fut pas de tout repos. Une forme de combat mental comme on les imagine dans des romans de science-fiction ésotérique. En nous jetant l'un sur l'autre, ce dragon et moi n'étions plus nous-mêmes. Réunis par notre désir d'en découdre nous avons atteint une limbe, un interstice, un entre-deux, où seuls nos esprits existaient encore. Musilag-Semdy, puisque tel était son nom, que j'appris lors de cette confrontation, m'emmena sur sa version à lui de la Terre, je l'entraînai dans la mienne, il m'expliqua pourquoi lui et les siens étaient là, comment notre Terre semblait un obstacle à la leur, comment lui et quelques autres de sa caste avaient cherché leurs alter ego ici, comment et pourquoi je devais m'incliner devant lui. Je lui expliquai à mon tour pourquoi cela n'était pas possible, tout le mal qu'ils avaient déjà commis ici, la terreur qu'avait engendré leur invasion. Du sang et des larmes. Des deux côtés. Puis vint le silence, le silence mental. Seulement soutenu par nos efforts impalpables pour repousser l'autre. Un peu comme un bras de fer cérébral. Le docteur Morbius face au tigre psychique dans *Planète interdite*... J'eus l'impression que cela dura des heures. Puis que, petit à petit, Musilag-Semdy s'éloignait, renonçait. Je maintins la pression. Comme un coureur de dix-mille mètres qui sent la victoire, qui voit ses adversaires distancés petit à petit, et qui trouve la force d'en remettre une dernière couche dans le dernier tour. L'énergie du désespoir, la dernière cartouche, le va-tout, le tout ou rien, le ça-passe-ou-ça-casse... J'étais au bord de craquer, de céder, de m'effondrer.

* * *

Puis tout redevint normal.

Vendredi 21 décembre 2012.

Premier jour de l'hiver. Pour finir.
« Got my mojo working. »
Muddy Waters - "Got my mojo working" (1957).

Jennifer et Eva-Eve étaient toujours dans les vapes, l'une désarticulée au bord d'une fenêtre, l'autre tassée dans un fauteuil. La pièce semblait avoir subi un ouragan, des crânes en mille morceaux jonchaient le sol, des éclats de verre s'étaient fichés dans les murs et ce qu'il restait du mobilier et des bibliothèques, et l'étrange scientifique aurait peut-être du mal à survivre à celui qui dépassait de sa robe à hauteur du cœur.

Quant au dragon…

Il avait disparu.

Soit Eva-Eve et ses fumeuses théories avaient cerné la vérité. Soit mon petit *mojo* était décidément un surdoué.

THIS IS THE END.
THE DOOR IS CLOSED.

OR NOT.

SUR LA TERRE DES DRAGONS – EPILOGUE

Réflexions de Musilag-Semdy avant de se rendre au Conseil de l'Ordre des Supras

« Ils se croient malins ? Ils se croient plus intelligents ? Il faudra pourtant bien que nous trouvions le moyen de leur rabattre le caquet. J'ai dû repartir de leur terre sans aller au bout de ma mission car en s'unissant à moi cet animal bipède nous aurait annihilés tous les deux. Son mental était trop fort, comme s'il avait saisi ma pensée. Je ne tiens pas à perdre la vie. Même si elle est en sursis. Toute vie est en sursis. La nôtre plus particulièrement. Nous avons découvert les portes par hasard. Il y a tellement longtemps. Depuis nous nous promenons sur les Tarras parallèles. Il semblerait que notre apparence effraie la plupart des habitants de toutes ces planètes. Cela nous garantit une certaine sécurité dans nos voyages. Certains sont des bipèdes, comme ceux-là, qui s'appellent les hommes ; sur d'autres terres leur cousin le singe est plus évolué et a pris le dessus. Sur certaines, fourmis et termites ont colonisé toute la surface, ailleurs les félins se sont faits rois ; d'autres sont vides, en apparence, car c'est dans les océans que la vie et

l'intelligence se sont développées. Nous sommes les seuls dragons de toutes les planètes parallèles que j'ai visitées à être devenus les maîtres de notre terre. Cela me rend fier, mais je ne suis pas plus en sécurité pour autant. Je crache du feu et je vole, la belle affaire, rien d'extraordinaire pour moi, je fais ça depuis mon plus jeune âge. Sur certaines planètes, des bipèdes nous ont mis en esclavage et se servent de nous comme montures. Je me demande par quel miracle nos frères se laissent ainsi faire. Décidément ces humains sont dangereux. Ils sont les seuls à avoir mis leur terre en péril à force de la creuser, de la dénaturer, de la détruire. Mais s'ils détruisent leur terre, par une réaction en chaîne les autres ne résisteront pas. Notre mission est donc simple. Il nous faut réduire ces hommes avant qu'ils ne franchissent le point de non-retour. Nous avons fait déjà plusieurs missions d'étude. Nous avons tenté de les vaincre par la force. Et la fusion Supra ne permet pas de les contrôler. Ce n'est pas si simple. Les plus malins comprennent et s'ils comprennent ils peuvent nous éliminer. Nous allons devoir être plus forts. Mais nous ne sommes pas assez nombreux et leurs armes sont mortelles autant que leur psyché. Ces petits êtres risquent fort de mettre fin à toutes les terres parallèles.

Il faudra bientôt que j'y retourne. La porte n'est pas fermée, elle n'est jamais fermée pour nous. Je vais d'abord panser mes plaies. Et faire mon rapport au Conseil. Demain il fera jour.

Peut-être. »

The End
« Et si on découvrait un passage vers des mondes parallèles. Si on pouvait glisser vers des milliers d'univers différents... »
Générique de la série *Sliders*,
créée par Tracy Tormé et Robert K. Weiss
pour les chaînes Fox et Sci Fi Channel, 1995.

Livre 2
Orenoen

Résumé des chapitres précédents

Oui, aussi étrange que cela puisse paraître, mais après tout les contes et légendes ne nous avaient-ils pas prévenus ? La fin de monde fut à deux doigts de surgir le 21 décembre 2012, comme les Mayas nous l'avaient annoncé. A deux doigts. Après des mois d'une guerre meurtrière et dévastatrice qui avait vu des dizaines de dragons détruire des centaines de villes de notre planète, c'est un combat au corps à corps qui mit fin au conflit, lorsque Musilag-Semdy, un cracheur de feu surgi des eaux de la Méditerranée, ne parvint pas à vaincre Biagio LaMarca, écrivain curieux et solide cerveau apte à rejeter toutes les tentatives du dragon de réaliser la « fusion » que le Conseil Supérieur de Tarra-001 avait décidé de confier à l'ordre des Supras. Une victoire à la Pyrrhus, car la Terre (408 pour les dragons) en ce mois d'avril 2013, quelques mois après la guerre, se retrouvait presque totalement dévastée. Le sud de la Russie, le Caucase et le Moyen-Orient avaient dû subir la Terreur de plusieurs dragons gigantesques. Les bassins des fleuves chinois n'étaient plus que terre brûlée où rien ne pousserait avant plusieurs années. Et les puissants Etats-Unis d'Amérique avaient une nouvelle fois été atteints en leur coeur. New York avait subi les foudres de plusieurs Godzillas bien réels et l'on déplorait des centaines de milliers de morts sur l'ensemble de la côte Est du pays. L'Afrique n'était pas en reste, même si la puissance mentale de certains sorciers avait permis une résistance ayant évité une destruction totale. De même qu'en Amérique du sud, où les derniers chamanes mayas avaient depuis longtemps pris la mesure d'un danger grandissant qui ne pouvait être vaincu que par les forces de l'esprit. Ou, certes, par des armées puissantes, mais avec pour corollaire que lesdites armées étaient bien incapables d'éliminer les dragons sans causer de nombreux dégâts « collatéraux ». En Espagne, en Italie, dans le sud de la France et de l'Europe de manière générale, des dragons de petite taille, semblant souvent émerger des cours d'eau, ont fait quelques incursions meurtrières et certaines villes, comme Barcelone, Palma de Majorque, Avignon, Mantoue et Igoumenitsa, entre autres, sont partiellement ou totalement à reconstruire. Le constat est le même sur le globe entier, des pays froids aux pays chauds, avec cependant la constatation statistiquement vérifiable que les pays technologiquement les plus avancés ont davantage que les autres été visés par l'attaque des dragons. Plusieurs centrales atomiques ont explosé. Aucune réaction en chaîne ne s'est développée mais des centaines de milliers de kilomètres carré sont pour longtemps interdits à tout habitat humain et à toute vie animale telle qu'on la connaît. De nouveaux monstres se développent dans ces zones où les hommes ont momentanément cessé toute activité.

Des gouvernements entiers s'en sont remis à l'Ibucc (International Brigade for Unidentified Creatures Control) créée par l'Onu mais en réalité aux mains de deux hommes, Guillaume de Luxembourg pour tout ce qui relève du commandement militaire (une formidable armée de Men In Black, les « Casques Noirs », recrutés dans toutes les nations de la terre) et son père Jacques-Henri de Nassau, ex-leader de la plus importante société secrète de chefs d'entreprises multinationales passé en quelques mois de l'ombre à la lumière, avec le titre de « président opérationnel transitoire » de l'Onu, dictateur planétaire dont le fils est le bras droit armé. Si les frontières existent encore, elles ne sont plus que les paravents d'une dictature mondiale de moins en moins discrète qui prolifère sur les cendres créées par la guerre contre les dragons.

Dans cet univers en reconstruction, issu d'une fin du monde avortée de peu, la scientifique mais aussi chiromancienne Eve-France Dufresne d'Arsel, alias Eva-Eve, métis mauricienne à la beauté épanouie, diplômée en physique quantique à l'université de Genève, se remet lentement des coups de griffe du dragon Musilag-Semdy, celui-là même qui a été renvoyé dans ses foyers, dans les cordes, par la force mentale de Biagio LaMarca. Deux casques noirs veillent à sa sécurité.

Marta Ramirez, Ruggero Confà, le professeur Anna Kennedy et les autres membres du Dragon (Direction of Realistic Anatomy for Ground Origin Natives) sont devenus les conseillers spéciaux du nouvel ordre mondial, chargés d'établir un audit complet de l'existence éventuelle d'autres dragons sur la planète.

A dire vrai, rien ne va plus. Là où l'Ibucc s'est installé, la démocratie recule sans hésitation, tandis que là où l'Ibucc n'est que tolérée, les chefs d'Etat ont bien du mal à résister à un nécessaire durcissement de la société créé par les besoins de la reconstruction et la peur générale qui s'est emparée des habitants de la planète.

Ici et là, des bandes armées s'ouvrent des territoires à leur botte. Ici et là, des chefs religieux reprennent le leadership sur des esprits apeurés et des pays se muent en nouvelles dictatures théocratiques. La guerre pour savoir si Allah est plus puissant que Jesus et Jesus plus puissant que Bouddha, et Bouddha plus puissant que Yahvé, ne s'est pas arrêtée. Et même l'Ibucc commence à peiner face à cette dérive des esprits.

Reviennent les ténèbres, les temps obscurs.

Vendredi 12 avril 2013

52ᵉ anniversaire de la première sortie d'un homme - le Russe Youri Gagarine – dans l'espace.
« Il m'a semblé et il me semble avant tout nécessaire de refaire la vieille Europe. »
Charles de Gaulle.

J'ai de la chance. Mon appart n'a pas souffert. Aucun dragon n'a lancé son souffle chaud contre les murs de mon immeuble. Aucun appendice caudal de plusieurs tonnes n'a frappé les canapés de mon salon. Aucune patte griffue ne s'est écrasée sur les tuiles de mon toit. J'ai de la chance. Mais j'ai visité un monde étrange et j'ai du mal à comprendre ce que j'ai vu. Musilag-Semdy m'obsède et si je sais que je l'ai rejeté, et que ce rejet a joué un rôle capital dans la fin de l'invasion des dragons, j'ai parfois la sensation qu'il est encore un peu en moi. J'ai visité son monde en esprit et ce que j'ai vu est indescriptible. Je me suis intéressé depuis aux théories dont Eve-France Dufresne d'Arsel avait commencé à m'évoquer l'existence et j'ai désormais l'intime conviction que les dragons viennent d'une terre parallèle. Pour Marta Ramirez et ses amis, ils étaient déjà là et n'ont été en quelque sorte que "réactivés", mais les deux ne sont pas incompatibles. On a d'ailleurs retrouvé depuis décembre quelques oeufs qui ont été officiellement détruits. J'ai bien peur qu'on aie conservé quelques spécimen pour les étudier, on ne refera pas l'esprit humain, on ne le guérira jamais de cette curiosité jusqu'au-boutiste. C'est ce qui nous fait avancer depuis la nuit des temps. Mais avancer vers quoi ? A nous maintenant de traverser les cordes et d'aller voir ces dragons qui nous ont attaqués. Nous devons savoir pourquoi. Nous devons comprendre.

L'heure hélas n'est pas à ce genre de réflexion. L'Union européenne a accepté que l'Ibucc délègue auprès d'elle un Comité dirigeant, qui a établi une série de règlements qui ont désormais force de loi. Couvre-feu. Subordination à la puissance militaire. Obligation de se former à la manipulation des armes à feu (mais interdiction d'en posséder). Interdiction de se déplacer en dehors de son gradient (c'est le nom qu'ils ont donné à une zone de 200 kilomètres sur 200 autour des endroits où vous travaillez et où vous habitez) sans une autorisation formelle délivrée par un gouverneur régional qui dépend du Comité dirigeant européen de l'Ibucc, ou par le ministère de la Sécurité de votre pays de résidence. Les artistes n'ont pas le droit de mettre en scène quoi que ce soit qui se rapporte de près ou de loin à un dragon et tous les sites où ont été répertoriés des mythes ou légendes se rapportant aux dragons ne sont accessibles là encore que si l'on possède un laisser-passer en bonne et due forme. Partout des Casques Noirs sillonnent les rues, et leur attitude ressemble de plus en plus à celle d'une police incontrôlable et incontrôlée.

Mais, je vous l'ai dit, j'ai de la chance. Mon petit *mojo* ne m'a pas quitté. En tant que "héros mondial" officiellement reconnu, j'ai droit à un sauf-conduit qui me permet de me déplacer où je veux sur la planète. L'Ibucc me laisse le champ libre. Mais me surveille et m'ausculte aussi, régulièrement. Ils veulent évidemment tout savoir de ma rencontre avec Musilag-Semdy. Je me suis rendu à plusieurs reprises au chevet d'Eva-Eve. Elle est pour moi une clé, car elle a réalisé avant tout le monde cette fusion entre la science et l'esprit qui est le seul moyen de comprendre ce qui s'est passé.

Jennifer, une fois de plus, m'a rangé au rayon des accessoires inutiles. Ce que nous avons vécu ensemble dans les appartements d'Eva-Eve, au lieu de nous rapprocher, nous a éloignés, sans doute définitivement. Jennifer a eu trop peur pour continuer notre histoire, pour elle je suis trop proche des dragons, je les transpire, je les exsude, et il lui est impossible de rester à mon contact sans vivre dans une crainte permanente et irrépressible de leur retour. Je suis un héros peut-être, mais un héros à la dérive, qui cherche à comprendre l'impensable.

SUR LA TERRE DES DRAGONS

Intronisation de Wargl au Conseil Supérieur de Tarra-001

« Mes chers dragons, mes frères qui êtes effrayés et qui enragez de la résistance ridicule que nous subissons de la part de Tarra 408 et de ses habitants humains, mes amis, mes chers combattants ! Je suis né loin de cette Tarra, j'ai grandi enfermé, contraint par les humains à voler pour leur compte sur une Tarra marécageuse et poisseuse, celle que nos scientifiques ont numérotée 111 mais qu'ils appellent là-bas Saar-Meï. Mon nom n'est qu'une syllabe, rude et meurtrière, c'est ainsi qu'ils m'appelaient, eux, c'est ainsi que j'ai décidé de m'appeler jusqu'au bout. Wargl, dans leur langue, signifiait "vite", ou si vous préférez "dépêche-toi". C'était l'ordre qu'ils me donnaient sans cesse. Je n'ai pas connu mon père ni ma mère, seulement une vieille dragonne au feu éteint, qui m'a appris quelques rudiments de notre langue et qui m'a enseigné l'esprit de la révolte, qu'elle avait, elle, perdu à force de boulets aux pattes et de rognages d'ailes. Je m'appelle Wargl et je connais l'infinie noirceur des Humains. Je m'appelle Wargl et j'ai traversé les cordes pour venir sauver notre *peuple de la duplicité de ces bipèdes.*

Le Conseil a choisi de retirer sa confiance à Siwolfann-Riink. Le Conseil a bien fait, car ni les Eclaireurs ni les Supras qu'il avait mandatés ne sont parvenus à annihiler les hommes... Nous allons devoir chercher d'autres voies, d'autres manières, pour les combattre. Ni la force pure, ni la fusion, n'ont pu les vaincre totalement. Je m'adresse ici à toi, Musilag-Semdy, ne sois pas fâché, la puissance de ton ennemi n'était pas proportionnelle à sa taille, mais ton expérience sera précieuse au Conseil pour aller de l'avant. Mais une nouvelle tactique s'offre à nous. Nous n'avons pas assez préparé cette guerre, réfléchissons et soyons plus efficaces. Nous avons créé une blessure profonde dans leur Tarra, près du tiers de leur population est passée de vie à trépas, beaucoup de leur villes ont été détruites par nos guerriers, mais il nous faudra faire plus. Tout d'abord, nous devons recenser tous les dragons dormants encore présents sur Tarra 408, tous ceux qui étaient nés ou qui allaient naître lorsque nous avons dû les fuir une première fois, aux temps anciens. 408 sera leur Tarra, à eux d'en être les premiers conquérants. Certains se sont déjà réveillés, ils ont été tués ou bien se sont rendormis, quelques-uns sont même venus sur notre Tarra, à la source de notre peuple, comme j'ai pu le faire, plutôt que de rester un esclave sur 111. Ils formeront une invincible armée. Mais, pour les aider, nous devons à nouveau faire appel aux Supras et à la fusion. Avec un double objectif très précis. Le Conseil a étudié 408 et a pu constater les changements politiques qui sont arrivés depuis la guerre que nous leurs avons livrée. Alors que de multiples nations luttaient les unes contre les autres avant notre intervention, nous leurs avons procuré un ennemi commun et ils se sont unis. A la manière des Humains, c'est-à-dire sournoise et intéressée, mais les rapports des Eclaireurs sont sans appel : deux Humains, deux seulement, un père et un fils, qu'ils appellent Guillaume de Luxembourg et Jacques-Henri de Nassau, possèdent à eux seuls plus de pouvoir que tous les autres bipèdes réunis. Il nous suffit donc de deux Supras, qui parviennent à prendre possession de leurs deux esprits, pour entraîner ensuite toute leur population à la ruine.

Mes amis, mes amis, je vous vois cracher des flammes d'impatience à l'idée que la victoire est possible. Mais il nous faudra du temps. Cette guerre doit se préparer, et les deux Supras qui auront à mener le combat capital devront être parfaitement formés pour cela. C'est d'ailleurs là, puissant Musilag-Semdy, que tu auras à intervenir à nouveau, en choisissant les Supras qui pourront réussir cette fusion, et en les entraînant toi-même car tu as déjà affronté l'esprit coriace du ridicule bipède.

Ces préparatifs prendront du temps, car 408 est une cible complexe, où les hommes sont nombreux et possèdent une technologie avancée. Nous avons pour nous un feu naturel, ils ont su eux le recréer et leurs armes sont presqu'aussi puissantes que nos gorges et leurs armures presqu'aussi résistantes que nos écailles. C'est pourquoi pendant ces préparatifs nous allons tout d'abord nous entraîner sur une Tarra plus faible, une Tarra que je connais bien, où les hommes sont moins nombreux et dotés d'une technologie minimale : 111. 111 où nos frères dragons ont été mis en esclavage par magie et enchantement, mais qui ne résistera pas à un assaut brutal et brûlant ! Les temps ont changé mes frères, les Humains menacent les Cordes, les Tarras sont en danger, les Dragons vont reprendre possession de leurs biens. Ainsi a parlé Wargl La Revanche ! »

Samedi 20 avril 2013.

**41ᵉ anniversaire de la naissance
de Carmen Electra, starlette de série B.**
*« Is this the real life ?
Is this just fantasy ? »*
Queen - "Bohemian Rhapsody" (1975).

La ville a bien changé depuis que les dragons sont passés par là. Des immeubles ont été détruits, mais moins ici qu'ailleurs, tout va bien. Les gens en revanche ont pris peur. Leur état mental oscille entre l'enfermement et le dérapage. Chacun est à fleur de peau. Se promener dans la rue est devenu une aventure. Des pilleurs se baladent impunément, affrontant quotidiennement les Casques Noirs de l'Ibucc dans des fusillades à couper le souffle. Et à trancher les carotides des malheureux qui ne se mettraient pas à l'abri. C'est le far west, le Moyen-Âge, l'Australie façon *Mad Max*. Mais décidément j'ai de la chance dans ce malheur global, les SDF qui avant les dragons avaient pris racine en bas de chez moi ont décidé que le quartier ne leur convenait plus. Pas assez friqué peut-être, pas assez de boutiques ou de belles bagnoles, ils sont allés piller plus loin et font partie de ceux qui se frottent régulièrement aux forces du sieur Luxembourg. J'en profite pour reprendre paisiblement possession de mon véhicule. J'ai troqué le Mercedes Vito, qui avait rendu l'âme, pour une Saab 900 turbo. Grise. Grise et délavée, elle accuse bien trente ans d'existence et dans les 300 000 kilomètres au compteur. Pas très écolo je sais, mais, franchement, même si certains se l'imaginent encore, la question du jour ce n'est pas les réserves de pétrole ni le moyen de locomotion des véhicules. Essence, électricité, électro-aimantation, air comprimé, gaz... il sera temps d'y repenser quand on aura sauvé notre peau.

Eva-Eve est en convalescence dans un hôpital militaire, un peu en dehors de la ville. Je profite du vent qui s'engouffre par les vitres baissées de la Saab. Le printemps est doux, le plus doux à mon âme que j'ai jamais connu, tant il est vrai que les mois écoulés ont été une sale aventure. Il faut que j'aille lui tirer les vers du nez. Cela fait plusieurs fois que je m'y rends, les Casques Noirs qui gardent l'endroit commencent à me connaître. Je dois confronter ma connaissance, acquise de haute lutte en me frottant à l'esprit de Musilag-Semdy, avec ce qu'elle sait, elle, des cordes, tant sur le plan scientifique que sur celui d'une certaine forme de magie qu'elle semblait aussi, curieusement, vouloir défendre. Pour l'instant Eva-Eve ne m'a rien appris. Elle balbutie, sa poitrine reste bandée à la suite des blessures consécutives à l'intrusion d'un dragon dans ses appartements, et si elle semble me reconnaître, son esprit bat encore la campagne. Je ne peux qu'espérer la voir retrouver toutes ses capacités et pouvoir enfin apprendre d'elle ce que je n'ai pas réussi à comprendre par moi-même. J'ai croisé Jennifer lors d'une de ces visites. Elle ne m'a pas adressé la parole et a préféré partir dès que je suis arrivé. Des Casques Noirs sont venus la chercher et l'ont raccompagnée sur le parking, elle n'a pas dit un mot, elle ressemblait à un automate.

Je passe le check-point en montrant mon sauf-conduit. Il me semble reconnaître le gars dans la guérite, encore un qui a dû s'engager depuis le début de l'année, il était armurier, ou tout au moins vendeur dans une coutellerie, j'ai eu affaire à lui, avant, mais lui ne semble pas me reconnaître. A propos d'arme, j'ai toujours la mienne avec moi. Là encore, grand privilège de héros officiel, elle est notifiée sur mon sauf-conduit, Beretta 92FS Trident Parabellum, avec son chargeur de 15 balles et sa crosse plaquée bois. C'est pas que j'aime les armes, mais, j'avoue, par les temps qui courent, mon 92 revêt un côté rassurant. J'ai aussi un couteau assujetti à ma cheville, une lame de famille, que j'ai exhumée d'un coffre, là bas au village, dans les Cévennes, un couteau de chasseur, lourd et qui ne lâche pas votre main. Nanti de ce mortel viatique, j'ai la sensation - illusoire - de pouvoir affronter tous les dragons de la création. Grand bien me fasse.

Me voici devant la porte d'Eva-Eve. Il règne dans l'hôpital une ambiance inhabituelle, une sorte de fièvre diffuse, tout le monde a l'air d'être dans un état de conscience exacerbé, supérieur. On sent presque s'agiter des vrilles électriques. Je montre une nouvelle fois mon sauf-conduit. Le Casque Noir qui garde la porte l'ausculte avec soin et me jette un regard extrêmement scrutateur. Puis il consulte son listing, tapote sur le clavier digital de son appareil de contrôle, qu'il porte au poignet gauche. Il attend. J'attend. Son regard ne me lâche pas, mais ça ne me touche pas, j'en ai vu d'autres, et des bien plus angoissants que le sien. Au bout de quelques instants, on entend un *ting* mat et grave en provenance de son appareillage de poignet. Il ouvre la porte comme à regret. J'entre.

Samedi 20 avril 2013.
Midi.

780ᵉ anniversaire du début de l'Inquisition en France, voulue par le pape Grégoire IX.
« On sent quelque chose derrière les choses. »
Laurent Voulzy - "Caché derrière" (1992).

Je sens monter la pression en me rapprochant du lit d'Eva-Eve. Une infirmière se tient à son chevet, scrutant les diagrammes de l'appareil de mesures relié à ses bras et son torse. Elle m'ignore, ou plutôt m'adresse un regard furtif avant de se replonger dans son étude. Eva-Eve, elle, m'a vu. Son attitude a changé, son regard semble bien avoir retrouvé toute sa profondeur, une ébauche de sourire plisse le coin de ses lèvres, elle a retrouvé cet air supérieur qui, d'une certaine manière, fait son charme.

- Vous avez cinq minutes, nous jette l'infirmière et elle sort d'un pas revêche, parvenant à faire claquer ses talons alors qu'elle porte pourtant des sandales réglementaires en plastic verdâtre qui ne brillent pas par leur rigidité. La patiente ne semble plus bandée, tout au moins cela n'a rien à voir avec l'aspect de momie qu'elle avait encore la dernière fois que je l'ai vue, il y a moins d'une quinzaine de jours. Elle porte un pyjama d'hôpital d'un brun-jaune délavé qui ne rafraîchit guère son teint, mais à l'hosto comme à l'hosto, c'est un miracle qu'elle en ai réchappé, on ne va pas lui demander en prime d'avoir l'air joyeux et primesautier d'une Miss Météo en début de carrière.

- Alors, comment va le monde ? me questionne-t-elle sans me laisser le temps de poser mon cul sur une chaise. Je lui raconte le monde, les Ibucc, Luxembourg, Nassau, la dictature mondiale, la montée en puissance d'un monde fermé et l'alternative si peu engageante des intégrismes religieux. Elle esquisse un petit geste, faible, de la main, l'air de dire "on s'en fout"...

- Je te parle pas de ça. Les dragons ? Toi, les dragons, tu les ressens encore ? Ils sont là ou ils ne sont plus là ?

J'ai du mal à répondre. Les dragons ne sont plus là, c'est officiel. Et je suis bien placé pour le savoir. Mais en vérité je n'en suis pas si certain. Il y a quelque chose, et la poussée de fièvre que j'ai ressenti en entrant dans cet hôpital militaire en fait peut-être partie, il y a quelque chose de latent, comme un voile, une brume, quelque part, cachée, comme s'ils attendaient, au carrefour du néant, pour fondre à nouveau sur nous. Je regarde la chiromancienne, car c'est bien elle qui me parle en cet instant, bien plus que la scientifique.

- Ils ne sont pas loin, mais ils ne sont pas là. Je crois qu'ils sont retournés chez eux, mais qu'ils nous surveillent.

- Je t'ai parlé des cordes. Qu'est-ce que je t'ai dit ?

- Oui, je sais, les univers parallèles.

- Parallèles… Parallèles, ce n'est pas exactement le mot. Comment je pourrais te le définir de façon plus claire ? Concomitants ? C'est là, en même temps, ici et ailleurs à la fois. Ils ne sont pas partis, parce qu'ils ne peuvent pas partir, cet univers est le leur autant que le nôtre, et il en va de même dans tous les univers enchâssés les uns dans les autres. Ils peuvent revenir, parce qu'en fait ils sont là, il leur suffira de le vouloir et de trouver à nouveau une porte d'accès. La différence entre leur civilisation et la nôtre, c'est que eux le savent, ils peuvent agir en conséquence. Nous, nous ne le savons pas. Je m'en doutais, tu l'as vécu, mais pour ceux qui nous gouvernent, cela reste une vue de l'esprit. Malgré les évidences. Ils préféreront toujours croire, et laisser croire, que les dragons sont vaincus, qu'ils venaient de notre propre Terre, ou s'il le faut ils trouveront un moyen pour expliquer qu'ils sont venus de l'espace. Autrement dit de la même dimension, parce que les gens deviendraient fous, et incontrôlables, si on leur expliquait qu'ils peuvent se balader d'un univers à un autre comme ça, presque en claquant des doigts.

Eva-Eve avait réussi à se soulever et à s'asseoir dans son lit pendant qu'elle me racontait tout ça. Mais je la sentais bien s'affaiblir. Elle me fit un signe, je m'approchai. Elle me prit la main, je la serrai. Puis elle s'endormit.

***Samedi 20 avril 2013.**
13h.*

258ᵉ anniversaire de l'élection de Pascal Paoli à la tête de la nation corse.
« Because adrenalin is the strongest drug that there has ever been. »
New Model Army - "Adrenalin" (1985).

Parfois, ça vous prend par surprise. Je viens de refermer la porte de la chambre d'Eva-Eve et de passer devant le garde quand je sens une main ferme se poser sur mon épaule. La sienne, précisément, celle du garde, l'homme à l'appareillage électronique au poignet, qui, comme tout à l'heure, cherche mon regard.

- Biagio LaMarca !

Que répondre ? Oui, c'est moi ? Rien. Ce n'était pas une question de toutes façons. Il a sorti son arme et la pointe sur moi. Je suis tenté d'en faire autant mais à quoi bon ? Je suis seul, le bâtiment est truffé de Casques Noirs. Et puis je suis un héros planétaire, non ? Et je n'ai rien fait de répréhensible.

- Attendez ici, le commandant vient vous chercher.

Il ne bronche pas, le pistolet-mitrailleur bien raide et immobile. Qu'il appuie il me troue le coeur, direct. Je ne sais pas dans quel univers cette course-là me mènerait mais je ne suis pas pressé d'en être informé. On entend des pas, des bruits de bottes approcher. Au moins trois gars à en croire le raffut qu'ils font. Sans parler des tintements métalliques de leur quincaillerie de guerre. Un gradé et deux rien-du-tout font leur apparition au détour du couloir et s'approchent.

- Biagio LaMarca ?

Cette fois c'est une question. Je réponds donc, dans mon meilleur anglais (on ne sait jamais, désormais, avec les troupes internationales de Luxembourg, de quel pays ils sont issus).

- Yes, Sir.

- Pas la peine de faire le petit rigolo, suivez-moi !

Bien ma veine, celui-là est français pure souche, version corse. Un noble, même, histoire de faire bon poids, chez les militaires on ne fait pas plus rigide, tout au moins en apparence. Je le lis sur son badge : Commandant Lazare-Marie de Venaco. Je suis le mouvement, non sans une pincée d'inquiétude. Que me veulent-ils ?

* * *

Les gars m'ont refait passer par l'accueil, m'ont rendu mes armes, mais ils gardent un oeil sur moi, strict et resserré. Six yeux en fait. Il n'y a que le conducteur du Peugeot P4 de service, qui nous attendait à la sortie de l'hôpital, qui, lui, regarde la route. Venaco est un grand gaillard à la voix forte, plutôt enrobé pour un commandant, mais son regard mettrait quiconque au défi de lui lancer la première grenade. Ses deux sbires n'ont pas l'air de m'apprécier non plus. Mais, très sincèrement, je n'étais pas venu pour leur faire du rentre-dedans, donc c'est leur problème et pas le mien. Si je vous dis que Venaco a une voix de stentor, c'est que sa manière de proférer des ordres à la guérite, au chauffeur et à ses deux pingouins laisse rêveur. Le gars aboie et hurle en même temps. L'archétype du militaire de cinéma, mais du pas tendre, du pas doux, plutôt le registre instructeur, le genre « faites-moi-cinquante-pompes-et-ta-gueule-troufion ». Le mec joue un rôle et ça s'entend. Quand à moi j'attends. Le Peugeot roule à vive allure, la route est plutôt dégagée, pour pas dire déserte.

Face au silence, je me dis qu'il serait temps d'engager la conversation

- Et ma bagnole ?

- Elle ne risque rien. On vous ramènera à l'unité médicale.

- Quand ?

- Je ne suis pas habilité à vous le dire.

Sa voix a baissé d'un ton. Il reprend, plus ou moins contraint de m'informer de la raison de cet enlèvement.

- M. LaMarca, j'ai le plus grand respect pour le combat que vous avez mené contre ce dragon. On en a beaucoup parlé, il y a eu des debriefings, des mises au point, mais sachez que sans les efforts de nos troupes, sans les morts dans nos rangs, et ils ont été nombreux, votre victoire singulière n'aurait pas mis un terme à cette invasion.

Il se tait.

- Excusez-moi, reprend-il, je n'ai pas à vous parler de la sorte.

- Et où on va, ça vous pouvez me le dire ?

- Le gouverneur régional de l'Ibucc vous attend. Nous arriverons à l'Hôtel de Secteur dans sept à huit minutes.

Huit minutes pour réfléchir. Que me veut Alban Cadet, le gouverneur régional de l'Ibucc ? L'ex-major, devenu gouverneur, s'est installé dans un ancien bunker construit durant la Deuxième guerre mondiale, sur le littoral, un immense hangar quasi-sous-terrain et a priori inviolable que tout le monde ici appelle simplement « le Bunker ». Aux dernières nouvelles, il n'en sortirait que très peu, aurait fait construire un tunnel qui relie directement son bunker au « Château », l'ancienne caserne du Muy, un immense bâtiment militaire du XIXe siècle de trois cents mètres en façade, couvrant cent-cinquante hectares, où ont été relogés tous les services municipaux et administratifs de Marseille. Que l'on m'amène au Bunker ou que l'on m'entraîne au Château, c'est dans le saint du saint du secteur « Sud-Est France » que Venaco me conduit. Sans espoir vraisemblable d'échapper à de mauvaises nouvelles.

Samedi 20 avril 2013. 14h.
124ᵉ anniversaire de la naissance d'Adolf Hitler.
« I wanna hide the truth
I wanna shelter you
But with the beast inside
There's nowhere we can hide »
Imagine Dragons - "Demons" (2012).

La mer gronde. C'est un mois d'avril venteux et pluvieux. Il fait presque froid. Dans le véhicule de service qui nous transporte, le commandant Lazare-Marie de Venaco et moi, le silence règne. La pluie bat contre les vitres. J'observe les vagues blanches qui déferlent les unes après les autres. La mer. Quel animal mythique va encore surgir des flots ? On a eu tendance dans les dernières décennies à confondre progrès et technologie. Les dragons sont venus nous rappeler que la technologie n'est rien face à une force plus puissante. Que d'autres technologies peuvent exister. Que d'autres forces peuvent la mettre à mal, peut-être même l'annihiler. Que d'autres formes de progrès, aussi, peuvent exister. Pour vaincre les dragons, la technologie n'a pas suffi, il a fallu également reconquérir une force mentale que l'Humanité perd peu à peu, ou laisse dériver, abandonne à des formes qui ne respectent pas les hommes, leur liberté, leur intégrité. La liberté ne se décrète pas, elle ne se réclame pas, elle se conquiert. C'est cette vérité oubliée des peuples que les dragons sont venus rappeler. La pensée m'arrache un sourire, un sourire triste. Le mal le plus absolu recèle de trésors inestimables. Peut-être le surgissement des dragons aura-t-il permis de faire comprendre aux hommes qu'ils doivent se battre. L'heure de vérité viendra. Ni l'Ibucc ni les dragons n'y pourront rien.

D'un bond parfait, de la houle soudain apaisée s'extrait un dauphin.

La voiture s'arrête brutalement, me tirant de ma rêverie. Je vois Venaco descendre. Je n'ai pas envie de le suivre mais je me force. Mes pensées sont restées avec Eva-Eve. Elle avait à peu près tout compris avant tout le monde. Confusément peut-être, comme si les forces de l'esprit, quelles qu'elles soient, l'avaient averti sans lui dire précisément comment les choses allaient se dérouler. Elle était aux aguets, elle savait sans savoir. Comme d'autres sans doute. Jennifer pressentait aussi quelque chose, Marta Ramirez se doutait bien que le monde n'était pas exactement ce qu'il paraissait être. D'autres encore. Ruggero Confà. Anna Kennedy. Et les Mayas, bien sûr…

- Suivez-moi LaMarca, ordonne Venaco.

Je le suis.

Nous sommes face à une muraille repeinte aux couleurs de l'Ibucc, inspirées du bleu onusien, mais en plus sombre, beaucoup plus sombre. Un mur presque noir portant l'emblème désormais connue de tous de l'International Brigade for Unidentified Creatures Control, une silhouette de dragon en blanc sur fond noir, barrée ; comme dans un panneau de signalisation routière. C'est le fameux bunker, l'Hôtel de Secteur où règne Alban Cadet, gouverneur régional de l'Ibucc, seul maître à bord après dieu de ce qui fut le sud-est de la France, seulement six mois plus tôt. Les choses vont vite, en temps de guerre.

A l'intérieur, le bunker sent la guerre, justement, l'ancienne, la Deuxième Guerre mondiale, mais aussi celle que la planète entière vient de mener contre les dragons. Rien de neuf dans le bâtiment, tout est désuet, désagrégé, les murs n'ont pas eu le temps d'être tous repeints. Un long couloir nous mène au sein du sein, le seul espace qui semble avoir été repensé et récemment reconstruit. Alban Cadet a positionné son bureau au centre d'une immense pièce, un hangar où se démultiplie l'emblème de l'Ibucc. L'agencement fait penser au poste de commandes d'un vaisseau spatial, tel qu'on en voyait dans les films de science-fiction avant que la science-fiction ne nous ait rattrapés. Le boss domine les sous-fifres, son poste de commandement est bourré d'écrans, de consoles, de technologie (comme quoi il y a encore du chemin, malgré tout), de loin, il semble hiératique dans un costume strict. Venaco me demande d'attendre, il monte devant moi le court escalier qui nous sépare du gouverneur, me laissant au pied des marches. Sur ma droite une rangée d'employés administratifs, penchés sur leur écrans d'ordinateurs, sur ma gauche deux salles de réunion, vides. L'activité n'a pas l'air d'être si fébrile, à vue d'oeil - et d'oreille - l'ambiance serait plutôt du type « fonctionnariat municipal », une majorité d'hommes, plusieurs machines à café, un éclat de rire féminin. Venaco tousse. Ou imite une toux, comme quand on veut attirer l'attention de quelqu'un. Je me tourne vers lui.

- Le gouverneur vous attend.

Ce type a le sens de la hiérarchie, pas de doute. Cassant avec les inférieurs, obséquieux envers les supérieurs. Tout ce qu'il faut pour faire carrière.

- Suivez-moi LaMarca, me dit-il une nouvelle fois.

Il n'a que cette phrase-là à la bouche, faut croire. Je grimpe les marches.

Le gouverneur Alban Cadet me serra la main, ni fermement, ni mollement, il a le sourire engageant et donne l'impression qu'il vous connaît depuis toujours. Avant de devenir le gouverneur nommé par l'Ibucc, et après une carrière militaire, il était le premier adjoint au maire et lorgnait sur son siège. Un pur politique. Je n'avais jamais eu jusque là l'occasion de le rencontrer mais, de fait, son visage m'est familier. Nous voici donc comme deux amis... Venaco nous précède vers un couloir qui sépare le bureau altier du gouverneur d'une pièce plus petite et plus personnelle. Des photos de Cadet ornent un des murs, Cadet en militaire, en avocat, à la mairie, mis en scène face à un dragon, comme s'il en avait vraiment croisé un, merci Photoshop, sur un autre mur une bibliothèque, moyennement fournie, avec visiblement des livres sur Marseille. Peut-être le gars aime-t-il vraiment sa ville, allez savoir ? Puis un bureau, en bois, bien patiné, sans doute rapatrié de l'ancienne mairie, et un coin salon, qu'il nous désigne.

- Commandant Venaco, monsieur LaMarca, prenez place, je vous prie.

* * *

Après la peur, après les honneurs, après l'inquiétude pour celles et ceux que j'aimais, malgré les marques d'intérêt qu'on me portait aujourd'hui - un intérêt ambigu, me semblait-il cependant - j'étais un homme vidé. J'avais des envies de lâcher prise, pas de mort, non, je n'ai jamais eu ce genre d'envie, à aucun moment de ma vie, même face au dragon, dans le combat que j'ai mené contre lui, seul, je n'ai pas songé à la mort. Mais, en cet instant, j'ai une envie dévastatrice de lâcher prise, de me laisser porter, de me laisser guider, quand bien même je connais le danger de baisser sa garde, de ranger sa méfiance au rencart. Et Alban Cadet est de ceux qui vous font cet effet. Comme Kaa, le serpent du *Livre de la jungle*, comme les sirènes d'Homère, comme les Bene Gesserit du *Dune* de Frank Herbert lorsqu'ils utilisent la Voix. En bon politique, le gaillard vous endort d'un seul geste. Et ça tombe bien, je vous le disais, je n'ai qu'une envie, me laisser porter.

Je m'assieds donc sur le moelleux canapé que me désigne le gouverneur.

Le commandant Venaco ferme les portes du salon privé. Nous voilà seuls.

- Cette conversation est strictement entre nous, commence le gouverneur. Le commandant, ici présent, s'est porté garant de votre état d'esprit. Au-delà du fait que tout le monde sur cette planète est au courant de vos exploits, il nous fallait vérifier qui vous êtes en réalité, qu'est-ce qui vous motive, comment vous fonctionnez en quelque sorte. Vous me suivez ?

- Il ? Qui est ce « il » qui doit me « vérifier » ?

Le gouverneur Cadet me toise un instant et semble vouloir sonder mon être profond en plongeant son regard dans le mien. Il me ferait presque rire. Je ne joue plus à ce jeu là, j'ai donné avec nettement plus puissant que lui. Je l'expulse d'un oeil sombre et las. Mais son petit manège à la con m'a réveillé, je n'ai plus envie, mais plus du tout, de me laisser aller. Qu'est-ce qu'ils ont imaginé encore ces connards ? L'ordre et la sécurité du monde ça ne leur suffit pas, il leur faut aussi l'ordre et la sécurité de Biagio LaMarca ? Cadet marque le coup. Venaco semble ne s'être aperçu de rien. Le gouverneur se redresse, remet de l'ordre dans sa posture, avant de répondre à ma question :

- L'Ibucc, monsieur LaMarca, l'Ibucc, bien entendu. Il laisse sa phrase en suspens avant de reprendre. En fait, je suis chargé de vous emmener à la rencontre de Guillaume de Luxembourg, qui dirige les Casques Noirs sans lesquels la planète ne serait que chaos. Et de son père Jacques-Henri de Nassau, qui préside désormais aux destinées politiques de notre petit univers. Le Duo Suprême veut vous voir, ils ont une mission à vous confier.

- Le « Duo Suprême », c'est une plaisanterie ? C'est comme ça que vous appelez ces deux opportunistes ?

Venaco me foudroie du regard, tandis que Cadet me sourit, comme on sourit à un petit enfant pour lui faire comprendre qu'il dit des bêtises.

- Ils ne détestent pas qu'on leur donne cette appellation, sourit-il, et pour ma part je n'y vois pas d'inconvénient. Bon, trêve de plaisanterie, peu importe la sémantique, est-ce que l'on peut compter sur vous ?

- Vous le savez, vous m'avez « vérifié ». Mais dites m'en un peu plus.

Le gouverneur soupire en s'enfonçant dans son fauteuil, l'air accablé.

- Ecoutez, on n'est pas dans un film policier des années 80, mais c'est du pareil au même : il y a deux manières de la jouer, la manière douce ou la manière forte, et je suis persuadé que vous préférerez comme moi la manière douce : vous avez votre soirée, on va vous ramener à l'unité médicale, vous récupérez votre véhicule, rentrez chez vous, prenez un bon repas, voyez une amie qui vous veut du bien, buvez un peu, mais pas trop si vous le souhaitez, ou bien allez prier, regardez un match de football, faites ce que vous voulez, mais soyez dispo demain à 7 heures, une voiture passera vous chercher, et je vous attendrai à l'aéroport, nous partirons ensemble rejoindre Nassau et Luxembourg, et je vais vous faire une confidence : oui, bien entendu, ils ont une mission à vous confier, mais aucune information palpable n'est descendue jusqu'à moi, si ce n'est que j'avais tout intérêt à ne pas vous perdre en route. Alors appréciez ma magnanimité, et appréciez votre soirée off, je ne peux pas vous garantir quand sera la prochaine, et cela va sans dire que si vous nous faites faux bond demain matin, vous aurez tous les Casques Noirs de la planète à vos trousses.

Lundi 22 avril 2013.

76ᵉ anniversaire de la naissance du comédien Jack Nicholson.
« *Kill kill the dragon*
Kill kill the beast inside »
Grave Digger - "Dragon" (2003).

La scène se passe sans doute dans un sous-sol. Cela y ressemble beaucoup en tous les cas. Les murs ont l'air solide, même plus que cela, infinis. Cela ne fait pas penser à des murs mais à une cavité enserrée dans le sol, protégée de tout assaut latéral. A moins que cette sensation de sécurité ne soit de toutes pièces recréée par l'homme. Un bunker, encore, un immeuble aux puissantes fondations, une cloche de métal ? Pourtant non, cela se passe sans doute dans un sous-sol. Nul ne saurait dire où. En Europe ? Aux Amériques ? Ailleurs aussi. Mais peu importe, en fait, où cela se passe. Il y a des hommes qui parlent plusieurs langues, mais se parlent entre eux en anglais. Des militaires, certains gradés et même haut gradés. Des hommes armés, puissamment armés, l'oeil en éveil, focalisés, attentifs. Puis des blouses blanches et des cravates, derrière des écrans d'ordinateurs, toujours, scrutant des graphiques, ouvrant et fermant des vidéos. Dans un chahut discret mais perpétuel. Mais il n'y a pas que ça. Sous cloche, puisqu'il y a bien une cloche, il y a autre chose. Un dragon. Trois mètres de haut à tout le moins. Une queue impressionnante. Des pattes griffues à se remémorer les pires contes de votre enfance. Et deux yeux rouges, incandescents, qui semblent vouloir allumer des brasiers à chaque fois que leur regard se pose sur un des ces misérables êtres humains qui l'observent. Ses mouvements sont entravés, son corps est criblé de capteurs en tous genres, l'haleine qu'il dégage est auscultée, décryptée, mise en équations chimiques. Il est « le » spécimen, celui que l'Ibucc est parvenu à capturer, à cacher et à mettre en cage. Pour la science et pour le bien de l'Humanité, bien sûr. Sa simple présence dans ce bunker sous-terrain effraie tous ceux qui sont autour de lui. Même les militaires, surmusclés, surarmés, ressemblent à des Playmobil à côté de lui, et ils en ont conscience. Même le responsable de l'opération D1, puisque c'est comme ça qu'elle a été nommée, pour Dragon 1, très connement, même lui, le préfet Serguey Beletza, a beau faire le fier, jouer les matamores, une petite goutte de sueur virtuelle perle en son for intérieur. D1, ce n'est pas de la gnognotte, toutes les sécurités ont été prises, peut-être, mais il y a de quoi avoir les foies. L'animal grogne et crache le feu, et même si c'est aussi pour ça qu'on a voulu le garder, pour son feu, pour ses secrets, pour tenter d'apprendre et d'utiliser ce qu'il est, il y a de quoi trembler face à la créature. Le préfet pense parfois à Biagio LaMarca et il se demande comment cet individu a l'air insignifiant - il l'a croisé une fois lors d'une cérémonie officielle, il lui a même parlé - comment cet homme a l'air si passe-partout, a pu triompher d'une bête de cet acabit. Le préfet observe D1 quelques secondes, évite de croiser son regard, puis il quitte le bunker, laissant ses hommes faire leur travail : analyser le dragon, tout savoir de lui, en tirer la substantifique moelle. Après, et le plus vite sera le mieux, il sera temps de demander à Luxembourg de décider si on doit l'abattre ou le mettre en réserve dans un obscur cachot. Beletza se passe une main dans les cheveux, il réprime un frisson, puis il monte dans l'ascenseur qui le ramènera à l'air libre. Soulagé.

Lundi 22 avril 2013.

222ᵉ anniversaire de la création des * bataillons de volontaires nationaux.
« Un rideau qui tremble à sa fenêtre /
Des yeux qui inquiètent et /
Des zombies, des mauvais par millions /
Mauvaises vibrations /
Quels que soient le temps, l'heure /
J'ai p't-être froid mais pas peur /
Mauvaises vibrations /
Feeling pas très bon /
Sueurs froides et frissons. »
Eddy Mitchell –
"Mauvaises vibrations" (1982).

J'ai fait comme ils m'ont dit. Je suis rentré chez moi, j'ai ouvert une bouteille de vin. Blanc. Frais. Sans penser à rien, je divaguais dans mon appartement, le verre à la main. La ville n'était sûrement pas silencieuse mais je n'entendais rien. J'ai pensé quelques instants à Jennifer, quelques instants - plus longs - à Eva. Eva-Eve. A son corps sombre et ses yeux en amande. On dirait bien que les éléments nous ont rapprochés. Non qu'il se soit passé quelque chose entre nous, mais je sens son esprit proche du mien, et capable de m'appuyer et de m'aider si je dois croiser une autre séquence de tempête. Ce qui pourrait bien arriver. Les déclarations d'Alban Cadet avaient beau être floues, elles ne laissaient rien présager de simple ni de tranquille. Que pourrait-il pourtant bien se passer ? La guerre est finie, les dragons sont rentrés dans leurs tanières, dans leurs ailleurs. C'est plutôt la folie des hommes qu'il va falloir surveiller et endiguer. Nassau et Luxembourg, positionnés à la tête de la société humaine par la force des événements, mais par aucune logique démocratique ni même géopolitique, n'ont pas encore une assise aussi stable que semblent le croire ceux de leurs séides que j'ai rencontrés ces derniers jours.

Ma bouteille à moitié vide, mon esprit battant toujours la campagne, j'ai remis une chemise sur mes épaules nues, puis des chaussures, enfin je me suis habillé de pied en cap et je me suis dit que j'allais sortir. Trouver un bar où poursuivre ma beuverie. Peut-être un peu moins en solitaire, peut-être, comme me l'avait suggéré le gouverneur, en essayant de trouver une compagne pour un soir. Et plus si affinités, comme on dit. Puis je me suis posté quelques secondes à la fenêtre, par réflexe, et c'est là que je les ai vus. Deux hommes en noir au coin de la rue. Comme en faction. Ou plutôt en faction, véritablement. Je l'ai compris avec certitude quand j'ai vu l'un des deux jeter un regard plus appuyé que discret vers mon immeuble. A quoi bon sortir ? Si je décidais de faire un pas dehors, j'allais devoir me coltiner ces zozos, à distance sans doute respectable, certes, mais qui auraient tôt fait de couper mes élans si j'agissais de manière trop irresponsable. Je me laissai aller sur le canapé, enlevai mes chaussures et consultai la liste de mes contacts sur mon téléphone. Appeler un ami. Une amie ? Une fille que l'on paye ? Aller sur un chat internet ? Allumer la télé ? Rien faire. Je récupérai la bouteille de blanc dans le réfrigérateur et enfilai directement au goulot, debout dans la cuisine, ce que j'avais laissé. Acidité.

Je filai jusqu'à mon lit et m'endormis comme un bébé.

Après cette soirée inutile, ces moments de flottement où je sentais que rien n'allait bien du côté de l'Ibucc, sinon, pourquoi auraient-ils pensé que je puisse leur être utile, je me suis réveillé de bonne heure.

A six heures du mat, j'étais douché, rasé et habillé. Je me suis posté à la fenêtre, les deux vigiles de l'Ibucc étaient toujours là, on voyait de la fumée sortir par la vitre passager d'une voiture noire postée en vue de l'immeuble. Leur poste d'observation pas très discret. Je suis descendu me dégourdir les jambes, jeter la poubelle, humer l'air du petit matin. Je sentais leur regard sur ma nuque. J'ai pris mon téléphone et j'ai appelé Eva-Eve. Elle a répondu à la première sonnerie, elle non plus ne dormait pas, dans les hôpitaux on ne fait jamais la grasse matinée.

- Alors, comment ça va la convalescence ?

- Mon corps se remet, pas de problème, je sens les fibres de mes chairs qui se reconstruisent et se retissent. Mais mon esprit me parle d'autre chose, et si tu m'appelles si tôt le matin, c'est que le tien aussi est en alerte.

- J'ai vu le gouverneur, Alban Cadet, quand je suis passé à l'hôpital te voir, un gradé m'attendait, il m'a amené au Bunker, et ce matin j'attends une voiture qui doit m'emmener voir les grands pontes, Nassau et Luxembourg. Le gouverneur doit m'accompagner. Qu'est-ce que tu en penses ?

- J'ai fait un rêve cette nuit. Un dragon. Cette fois il ne venait pas t'attaquer, ni m'attaquer, on ne se battait pas contre lui, il était intouchable, presque effacé, comme s'il avait été capturé, attaché, aux fers. Mais j'ai entendu son esprit me siffler des injures et des abominations. Ils sont toujours là, sur notre terre, ils n'ont pas lâché, rien lâché. Si Luxembourg veut te voir, c'est lié, ils ont un problème avec les dragons ; rien n'est réglé.

Je méditais les mots d'Eva-Eve. C'était la seule conclusion logique. Rien n'est réglé, il y a un problème avec les dragons, et si on a un problème avec les dragons, on fait appel au seul homme sur terre dont on sait qu'il a déjà pu régler le problème une fois. Ou du moins une partie du problème, momentanément. En attendant la suite.

- Je serai avec toi, reprend Eva-Eve, mon esprit t'accompagne, si tu as besoin de force, appelle-le, je ne serai jamais loin, je ressens ta trace et ta présence, je saurai toujours où te trouver.

- Je sais. Je n'ai pas peur... Enfin, pas vraiment. Ils ne sont rien d'autre que nous, autrement. Mais reprends ta vigueur, je n'ai pas peur mais j'aurai peut-être besoin de toutes les forces qui pourront me soutenir.

Du coin de l'oeil j'ai vu que les deux vigiles s'agitaient dans leur véhicule, se redressaient, comme s'ils avaient affaire à un de leurs supérieurs hiérarchique. On devait les prévenir de l'arrivée imminente du gouverneur.

Je remontai chez moi, bus un grand verre d'eau, me mis en condition. Advienne que pourra.

* * *

Venaco. Evidemment. L'air plus raide que jamais. Je vois de ma fenêtre son véhicule militaire s'arrêter à côté de la voiture noire de mes deux loustics. Il est 6h57. Ils sortent, saluent, font leur rapport. Venaco tourne la tête vers ma fenêtre, puis il fait les quarante mètres qui le séparent de l'immeuble à pied, suivi à distance réglementaire sans doute par son engin militaire, le même qu'il a utilisé pour me mener auprès d'Alban Cadet. La voiture noire s'éloigne dans l'autre sens. A 7 heures tapantes, la sonnerie de l'interphone retentit. Stridence.

Fin de l'interlude.

Lundi 22 avril 2013.

75ᵉ anniversaire du tremblement de terre qui a détruit la ville grecque de Corinthe.
*« Nobody was really sure
if he was from the House of Lords. »*
The Beatles - "A Day In The Life" (1967).

La mission de Venaco s'arrêtait à la base aérienne militaire d'Istres. Celle d'Alban Cadet aussi, malgré ce qu'il m'en avait dit précédemment. Le gouverneur de la région Sud-Est de la France et son chef d'état-major n'avaient pas pour directive de sortir de leur zone. Cadet, le visage fermé, me remit entre les mains d'un gradé qui parlait à peine français, avec un fort accent que je ne fus pas en mesure de reconnaître. Le gars, qui devait être colonel, ou un truc équivalent, se présenta sous le nom de Lee-Jack Koyna. Métis afro-asiatique, peut-être originaire de Zanzibar ou de Djibouti, un de ces coins où les dragons avaient eu du mal à combattre la puissance des esprits. Il était plutôt épais et trapu, et son sourire aurait perclus d'angoisse le plus fêlé des adorateurs du Joker.

L'avion était un supersonique militaire, un truc qui ressemblait à un MiG-31, pour autant que j'y comprenne quelque chose en avions de guerre. Ce que je savais en revanche c'est que ce genre de bébé pouvait voler à plus de 3000 km/h. L'engin était discrètement frappé de l'emblème de l'Ibucc, ce dragon stylisé barré, pour bien montrer que le job des Men In Black était de fermer le chemin à ces maudites bestioles. Au bout de deux heures de vol à Mach 3, je commençais à me demander jusqu'où on m'amenait. A ce rythme-là, on n'allait pas tarder à revenir à notre point de départ. Lee-Jack Koyna me jeta un regard torve quand je me décidai à lui poser la question.

– Les boss pas dire où ils sont. But I tell you : south of China.

Le sud de la Chine… Où exactement, je le saurais bientôt, car nous étions déjà au-dessus de la péninsule indienne. Finalement, après trois heures à me tourner dans tous les sens pour trouver une position à peu près confortable, après quelques séquences sommeil, après quelques brefs échanges avec le colonel Koyna, ou quoiqu'il fut précisément, il m'indiqua du doigt une piste d'atterrissage :

– Taipa, Macao airport. Voiture amener à Boss.

* * *

Une vieille Lincoln Towncar, ce truc de six ou sept mètres de long, m'attendait sur le tarmac. Tel un automate passant de main en main, je fus pris en charge par une nouvelle équipe de militaires, mercenaires, ou vigiles fraîchement enrôlés, qui me déposa… devant le Palais des Doges. En fait à l'entrée du casino Venetian, un des plus important du plus grand complexe de casinos au monde, celui de Macao. Un Casque Noir parlant un français impeccable m'expliqua que Jacques-Henri de Nassau avait établi ici un de ses centres opérationnels. L'information était bien cachée au grand public. Le complexe de casinos et d'hôtels-casinos de Macao était parfait pour abriter discrètement toute structure politique, administrative ou d'affaires de plusieurs milliers de personnes, on n'y manquait ni de salles de réunions, ni de lits, ni de matériel informatique, et on pouvait y croiser tout ce que notre Terre comptait encore d'individus de pouvoir.

Au 39e et dernier étage de l'hôtel, Nassau et Luxembourg avaient établi leur QG asiatique, pendant discret de leurs QGs américain et européen, installés dans les bâtiments de l'Onu de New York et de Genève. En trois heures d'avion, ils pouvaient aller de l'un à l'autre, j'en avais fait l'expérience.

Des Men In Black en nombre sécurisaient les lieux, et mon Casque Noir francophone me conduisit jusqu'à une porte damassée qui s'ouvrit comme par enchantement.

– Entrez, monsieur LaMarca, poussa une voix rauque depuis le fond de la pièce. Enfin vous voilà !

* * *

La porte s'était refermée comme elle s'était ouverte, comme par enchantement, et je pus constater que nous étions trois dans la pièce. Trois hommes : Jacques-Henri de Nassau, Guillaume de Luxembourg, et moi. Pas besoin de faire les présentations, chacun savait qui était qui. Nassau s'était levé à mon entrée, Luxembourg était assis, affalé dans un profond canapé. Il y avait quatre canapés de cuir autour d'une table basse, et les armoiries de l'Ibucc sur les quatre murs de la pièce. Chacun prit, ou reprit place. Un instant de silence profond marqua le début de la discussion.

– Vient le temps des morts, Monsieur LaMarca, et d'honorer ses morts. Vous avez eu des morts proches de vous dans cette terrible aventure, monsieur LaMarca ? Nous avons perdu plusieurs membres de notre famille dans les combats.

C'était Luxembourg qui s'exprimait ainsi. Le chef des armées les plus puissantes que la Terre ait jamais connues, le maître de guerre universel, le commandeur suprême. Il n'avait pas levé les yeux. Il tenait dans sa main droite un couteau suisse, fermé, qu'il tournait et retournait sans cesse comme Humphrey Bogart le faisait avec ses billes d'acier dans *Ouragan sur le Caine*. Il tourna le couteau une dernière fois et me regarda.

– Aucun mort proche à déplorer, monsieur, des blessés, des blessures, et une immense terreur. Mais je ne sais pas s'il faut honorer nos morts. Plus tard peut-être. Pour l'instant, il nous faut rester vigilants, ne pas tourner le dos aux dragons. Ils ne sont pas si loin que ce que l'on pourrait croire.

Nassau à son tour prit la parole. De sa voix rauque.

– Nous le savons parfaitement, monsieur LaMarca. Nous le savons. Nous évitons d'angoisser la population encore davantage que ce qu'elle ne l'est. Peut-être avons nous tort ? Nous agissons dans l'urgence. Ce que mon fils veut dire est la même chose que ce que vous dites : nous devons conserver toutes nos défenses en alerte, honorer nos morts, c'est faire en sorte d'éviter qu'il y en ait d'autres. Et pour cela, nous avons besoin de vous.

Guillaume de Luxembourg avait déplié la lame de son couteau et il le lança avec vigueur contre le mur. La pointe s'enfonça dans le plâtre derrière la tapisserie et se figea là, à un mètre du sol.

— Vous avez affronté le dragon face à face, me dit-il cette fois en affrontant mon regard. Vous l'avez repoussé. Et c'est comme s'ils avaient alors cessé le combat. Je ne comprends pas ce qui s'est passé mais je sais que je dois vous remercier. Mais ce n'est pas terminé. Vous le savez, vous les percevez d'une manière qui m'échappe, mais si quelqu'un les entend, les ressent, c'est vous, c'est pourquoi nous vous avons fait venir. Nous avons une mission pour vous.

Le silence s'installa à nouveau. C'est le père, Nassau, qui le rompit cette fois.

— Ce n'est pas exactement une chose facile que nous devons vous demander. Mais on nous a garanti que vous ne refuseriez pas.

Le vieil homme se leva et alla ouvrir un placard. Il y avait là des verres et des alcools. Il se servit un liquide sombre, issu d'une bouteille basse et large. Puis il en remplit deux autres verres. Il nous tournait le dos.

— Je suis le descendant d'une curieuse famille, une vieille famille noble qui est depuis des siècles au cœur de ce qu'est réellement l'Europe, monsieur LaMarca, une étrange famille qui a régné sur cet étrange pays, sans réalité humaine, qu'est le Luxembourg. Pour faire l'unité des communautés humaines après l'attaque des dragons, il fallait quelqu'un comme moi, quelqu'un qui connaît le pouvoir, qui a toujours vécu dans ses méandres et dans ses mensonges, mais qui ne soit pas le chef d'un grand pays. Il y a un an, j'étais président d'un consortium financier international, propriétaire de ce casino et de quelques autres soit dit en passant, j'avais aussi des liens avec l'Onu, mais j'étais, comment dire, un rien du tout. Puis il a bien fallu donner les rênes à quelqu'un. Les politiques n'ont pas osé, j'étais juste à côté, ils me connaissaient, ils savaient mon côté florentin, ma capacité à discuter avec chacun... Des cons, monsieur LaMarca, et des faibles, mêmes ceux qui jouent les matamores.

Jacques-Henri de Nassau se retourna et nous amena les verres, qu'il avait déposés sur un petit plateau. Son fils avait repris son couteau planté dans le mur, il l'avait refermé et avait recommencé à le tourner entre les doigts de sa main droite. Nous étions à nouveau tous les trois assis. Chacun sur son canapé.

– *Nessdrepp*, de la liqueur de noix, spécialité luxembourgeoise, proféra Nassau comme dans un rêve de vieux chasseur oublié. Buvons. Après nous pourrons parler.

Lundi 22 avril 2013.

**109ᵉ anniversaire de la naissance
du physicien américain
Robert Oppenheimer,
dit « le père de la bombe atomique ».**
« *I'm back in the USSR /
You don't know how lucky you are, boys.* »
The Beatles - "Back In The USSR" (1968).

Nous étions partis tôt le matin de la base d'Istres, avions volé trois heures, et l'entretien avec les Nassau avait duré moins de deux heures. A mon horloge interne il devait être dans les 14h, à Macao c'était déjà nuit noire, entre 20h et 21h, et les casinos tournaient à plein régime, comme si les habitants encore vivants de la planète Terre avaient besoin de se plonger dans un monde merveilleux, fut-il factice et totalement toc, pour oublier le passé récent. Des milliers de dollars passaient de main en main dans une ambiance délétère, faite de tentures sombres et d'épais tapis rouges, de fauteuils moelleux, de musique sirupeuse et d'éclairages clinquants.

Un peu sonné par la proposition qu'on venait de me faire, je me suis posé à un bar du Venetian. J'avais besoin moi aussi d'une petite dose de bonheur préfabriqué. Deux gardes du corps me suivaient à distance. Je commandai une bière, ma gorge était sèche et mon esprit laminé...

De quelle proposition est-ce que je parle, me direz-vous ?

Vous avez déjà entendu parler d'Orencen ? Moi non plus. Orencen n'existe pas. Pas officiellement du moins. Mais c'est là que je devais aller. Au cœur de la forêt primaire indonésienne. Au nord-ouest du pays, dans la province d'Aceh. Là où des dragons, m'avaient expliqué les Nassau, ont protégé les tribus locales contre d'autres dragons. En quelques semaines, l'Ibucc avait fait installer dans l'immensité verte une station de recherche où je devais retrouver une « vieille » connaissance... Ruggero Confà. Les Nassau avaient confié au chercheur en cryptozoologie que j'avais rencontré à Avignon la direction de leur centre d'étude le plus avancé sur les dragons, qu'ils avaient fait installer au cœur de la forêt indonésienne puisque l'endroit semblait protégé.

Ma mission serait simple, m'avaient-ils dit : reprendre contact mentalement avec les dragons et obtenir toutes les informations possibles. « Vous aurez tout le matériel nécessaire à votre disposition et Ruggero vous guidera s'il en est besoin. » Simple… Je n'étais pas très chaud à l'idée de me retrouver entre les pattes de Ruggero Confâ. Le chercheur, s'il était un érudit dont la connaissance en dragonologie défiait toutes les encyclopédies de toutes les bibliothèques de la planète, ne m'en avait pas moins laissé un souvenir ambigu. Sa forte stature, son rire inquiétant, sa voix puissante, son charisme, tout son être, en fait, m'avait semblé malsain. Et s'il s'était mis au service de Jacques-Henri de Nassau et de Guillaume de Luxembourg, j'étais convaincu qu'il avait des intentions peu honorables dans cette affaire. Qui restait honorable d'ailleurs, en ce mois d'avril 2013 ? La planète avait largement dévié de son axe mental, mais les dragons n'avaient fait qu'amplifier un phénomène que chacun pouvait constater depuis des années et des années : le pouvoir des forts ne se consolide qu'avec l'écrasement et la mort des faibles. Etais-je un fort ou étais-je un faible ? Etrangement, Jacques-Henri de Nassau, bien que fort parmi les forts, ne me semblait pas animé de mauvaises intentions. Plutôt piégé dans un rôle qu'il pressentait de courte durée, un maillon voué à la destruction, mais nécessaire pour réaliser une transition. Son fils… Son fils en revanche, Guillaume de Luxembourg, n'attendait visiblement que le moment propice, ou tout simplement un accès de colère plus féroce et plus intense que les précédents, pour imposer sa propre loi. Le fils contre le père, une vieille antienne. Des séides aveuglés et avides de pouvoir pour servir l'un, une bienveillance en perdition pour sauver l'autre. C'est la bienveillance qui m'avait fait choisir par le père pour l'aider à sauver la planète, c'est la colère du fils qui entendait bien m'utiliser pour l'aider à l'asservir.

Je commandai une autre bière et préférai ne plus penser. Je m'approchai de la table de blackjack et décidai de mettre mon esprit en position « off ».

Mardi 23 avril 2013.

8ᵉ anniversaire de la première mise en ligne d'une vidéo sur YouTube, une vidéo de 19 secondes de Jawed Karim devant l'enclos des éléphants du zoo de San Diego.
« *They have really really really really long trunks.* »
Jawed Karim, YouTube (2005).

Le préfet Serguey Beletza n'a pas vraiment le cœur à y retourner. Face au bunker, dans sa limousine de fonction, installé à l'arrière, vitres fermées et climatisation poussée au maximum, alors que son chauffeur discute avec les gardes à la guérite d'entrée, il sirote une bière chaude. Le temps, se dit-il, de rassembler ses forces et d'éloigner ses peurs. En charge de l'opération D1 depuis deux semaines maintenant, c'est lui qui doit aller vérifier que tout se passe normalement – si l'on ose dire – dans le bunker, que le dragon livre ses secrets, que les scientifiques y trouvent leur compte. L'équipe est sur les dents, il le sent, militaires comme hommes de science n'ont jamais pu s'habituer à la présence du monstre, car il faut bien appeler cette chose en monstre. Avec ses trois mètres de haut, ses griffes plus longues et acérées que des sabres de pirate, avec son souffle de flammes et ses crocs de t-rex, D1, malgré l'épaisseur du verre métallique massif en palladium qui le sépare des humains, leur donne à tous la chair de poule. Le préfet n'est pas dupe, et si lui-même tremble de peur à la seule idée de s'approcher du bunker, c'est qu'il a vu ses hommes trembler de peur à l'intérieur. Il avale une nouvelle gorgée de bière, lentement, comme si la bière pouvait lui donner une autre force, une autre dimension.

Le préfet Serguey Beletza a réussi à momentanément se couper du monde extérieur, il est bien, dans une bulle mensongère et rassurante, mais quand son chauffeur se retourne un peu plus vite qu'il ne faudrait pour regarder l'entrée du bunker, il comprend que quelque chose ne tourne pas rond. Soudain l'air est plus chaud, une langue de feu sort du bâtiment et un cri rauque se fait entendre. Une créature cauchemardesque surgit et se dirige droit sur son véhicule. Le préfet Serguey Beletza a à peine le temps de soliloquer « D1, putain » que deux immenses yeux rouges étreignent sa pensée alors que sa voiture est écrasée puis balancée dans les airs. Le dragon s'envole, donne un dernier coup de queue à la limousine avant qu'elle ne retombe au sol.

Beletza est recouvert de sang et de bière, des débris de verre et de métal s'enfoncent dans sa chair. Il s'écrase sur le bitume. D1 a disparu dans l'azur.

Mardi 23 avril 2013.

999ᵉ anniversaire de la bataille de Clontarf, qui a vu le roi d'Irlande Brian Boru chasser les envahisseurs Vikings de son île.
« Can't think straight, can't decide
Time's running out, nowhere to hide
Where to go, what to do?
Better watch out, they're coming for you ! »
Motörhead - "Emergency" (1980).

J'ai décidé d'accepter la proposition de Nassau et de son fils. Est-ce que j'ai un autre choix ? Suis-je un fort ? Sûrement pas. Mais je ne suis pas non plus un faible, l'imbrication des événements m'en a donné la preuve, à mon corps défendant. On peut être fort contre sa propre volonté, dans une certaine mesure il suffit d'avancer. Et advienne que pourra.

« *Les jeux sont faits* », annonce dans mon dos le croupier d'une table de roulette. Le Venetian grouille d'une faune de zombies, l'enthousiasme n'est pas au rendez-vous, les rires sonnent faux, mais chacun essaie de se faire croire que c'est fini, que la vie a repris son cours normal. En réalité, notre monde est comme en stand-by, en attente, se demandant où sont passés les dragons, ont-ils été réellement vaincus, vont-ils revenir, resurgir ?

Pour moi également, les jeux sont faits. On m'a octroyé une soirée ici, à Macao, l'Ibucc aime bien, décidément, m'octroyer des soirées, et demain un avion m'amènera à la base Sultan Iskandar Muda, au nord de l'île indonésienne d'Aceh. De là un hélicoptère me conduira jusqu'à ce mystérieux Orenœn. Toute la logistique planétaire de l'Ibucc est à mon service, Jacques-Henri de Nassau m'a parlé comme on parle à un fils, alors que son propre fils n'avait visiblement pas foi en moi. Je ne lui donne pas tort, à dire vrai. Ma prochaine rencontre éventuelle avec des dragons ne se soldera peut-être pas aussi bien que la précédente. Mais, je vous dis, il suffit de d'avancer, de mettre un pied devant l'autre, et recommencer, comme le dit la chanson des scouts. Et advienne que pourra. C'est OK pour moi. Une petite voix résonne en mon for intérieur, celle d'Eva-Eve, je ressens son soutien, *nous sommes là, nous sommes là…* Qui est ce « nous », d'ailleurs ? Eva-Eve n'est pas seule, des forces l'accompagnent, et je ne doute pas une seconde que j'aurai besoin de toutes les forces qu'elle pourra m'amener, de tous les courants qu'elle pourra diriger vers moi, de toutes les énergies qui pourront me reconstruire et me cuirasser.

D'autant qu'une autre présence, de moins en moins diffuse, rôde quelque part autour de mon esprit, comme un dragon en liberté qui tournoierait autour d'un village à enflammer.

Jeudi 25 avril 2013.

701ᵉ anniversaire de la naissance de Saint-Louis, roi de France.
Un dragon c'est magique /
Sur un donjon c'est authentique /
Un dragon c'est magique /
Mais dans la maison c'est pas pratique !
Aldebert - "Le dragon" (2013).

Notre départ de Macao a été reporté d'une journée. Guillaume de Luxembourg en a profité pour me « convoquer ». Son père a rejoint Genève où l'attendait une réunion de crise, m'a-t-il expliqué. Un dragon a disparu, celui que l'Ibucc étudiait dans un bunker tenu secret, sur une île sicilienne. « *Vous voyez, je vous dis tout, ne trahissez pas ma confiance* », m'a-t-il mis en garde. « *Nous aurions beaucoup aimé que vous voyiez ce dragon, mais peut-être va-t-il venir vers vous de lui-même, après tout, vous les attirez non ?* »

Cette réunion non prévue au programme avec Luxembourg m'a glacé les sangs. Le grand manitou des armées de l'Ibucc est un fou dangereux, son esprit navigue sur le fil du rasoir, il est jaloux du rôle de son père, il est avide de puissance, peut-être même de sang. Il m'a entraîné dans les salles de jeu du casino, où tout un chacun s'écartait sur son passage, il m'a fait boire, a fait s'asseoir des filles nues sur mes genoux, il m'a fait miroiter des dollars, du sexe, du pouvoir. Tout en jouant sans fin avec son couteau, tout en m'expliquant à quel point son père était faible et inutile, comment il ne serait bientôt qu'un poids mort dans le jeu d'échecs planétaire, dragons ou pas dragons.

Quand enfin il m'a laissé partir, j'étais lessivé, rien ne semblait avoir de prise sur lui et sa folie grandissante, il était en train de glisser sur une pente de violence, de stupre et de mort, et il s'en glorifiait, sûr de son pouvoir et sûr de ses lendemains. J'étais heureux de quitter Macao et son triste sire.

* * *

Le ronron de l'hélicoptère m'a endormi. Il vient de s'arrêter. Quelque part au fin fond de la forêt primaire. En Indonésie. Un bâtiment neuf, carré, haut de deux étages, fait de béton et de vitrages, semble transpercer la sylve. Ses dimensions sont d'à peu près trente mètres sur trente, son toit plat accueille en son centre une grande croix tracée sur une plaque en légère surélévation. C'est là que se pose l'hélicoptère de l'Ibucc. Orencen. Confâ m'attend sur le toit. Il n'est pas seul, une autre « vieille » connaissance se tient à ses côtés, ou plus exactement légèrement à l'écart. Marta Ramirez.

Confâ m'entraîne dans son sillage avec force et puissance, ne me laisse pas même le temps de saluer Marta Ramirez. Un autre personnage l'accompagne, un jeune homme qui semble lui servir de factotum. Bientôt nous nous trouvons tous les quatre dans une vaste salle froide et blanche. Confâ et son jeune secrétaire, Marta et moi. Contre toute attente c'est le jeune homme qui ouvre les débats, me remercie, en anglais, d'être venu jusqu'ici, à Orencen, ce « carrefour des mondes » selon ses propres mots. Confâ est étrangement mutique, Marta Ramirez prend le relais.

— Tu nous connais, Biagio, tu sais que cela fait des années que notre cellule, la Direction of Realistic Anatomy for Ground Origin Natives, le « Dragon » si tu préfères, travaille sur le sujet. Nous savions que les dragons étaient là bien avant que le reste de la planète, l'Onu, les nations, l'Ibucc, les peuples, qui tu voudras, ne s'en aperçoive. Nous avons alerté, nous avons plaidé, en vain, jusqu'à ce qu'ils sortent de leur sommeil, ou qu'ils débarquent, si tu préfères. Et c'est là-dessus que nous avons travaillé depuis plusieurs mois maintenant : les dragons viennent-ils de notre terre ou viennent-ils d'ailleurs ? Ou les deux ? Orencœn nous a donné la réponse. Nous savons qu'il existe d'autres lieux comme celui-ci, d'autres portes, mais c'est la seule que nous ayons identifiée à ce jour. Orencœn, la porte des dragons. Ils sont passés par ici, certains d'entre eux du moins. C'est donc d'ici que nous allons partir à leur rencontre.

– C'est d'ici que *vous* allez partir à leur rencontre, Monsieur LaMarca, intervint le jeune secrétaire, qui commence de plus à me donner l'impression d'être en réalité le chef de la bande… Ruggero, reprend-il, expliquez à monsieur LaMarca comment cela va se passer !

Et Ruggero d'expliquer.

Comment depuis quelques semaines ils essaient de traverser la porte, d'aller dans l'autre monde, dans les autres membranes, dans les autres cordes. Confâ et Ramirez ne sont pas des astrophysiciens ni des spécialistes de la théorie des cordes, mais des cryptozoologues, ce genre de travail dépasse largement leurs capacités, mais il y a à Orencœn tout le matériel nécessaire et tous les cerveaux nécessaires. Dont le jeune Stark Rozinsky, un des chercheurs les plus pointus et les plus précoces en astrophysique, « *ici on l'appelle Tesla* », sourit Confâ. Depuis plusieurs semaines, il y a eu des tentatives, Marta Ramirez elle-même s'est harnachée de tout un équipement qui serait à même d'aider son esprit à partir vers un ailleurs empli de dragons. Elle a jeté toute sa force mentale dans l'aventure, elle a forcé son cerveau à la concentration la plus absolue, elle a tenté d'aller plus loin encore en s'aidant de psychotropes. Un autre membre de l'équipe d'Orencœn s'est essayé lui aussi au passage, sans plus de succès, sauf que celui-ci en est revenu le cerveau en bouillie. Orencœn est au point mort. Confâ a alerté les instances mondiales, il a vu les Nassau à Macao, accompagné de « Tesla », qui est d'une certaine manière son superviseur, et la décision a été prise de faire appel à LaMarca.

— Vous êtes le seul homme sur cette Terre qui ait eu un contact avec eux, croit bon d'ajouter Stark Rozinsky, c'est à vous de jouer.

Je préfère me taire face à tant de naïveté. Qu'est-ce qu'ils imaginent ? Tout ça pour ça ? Autant Jacques-Henri de Nassau a su m'envoûter par son discours planétaire et politicien, ses alcools et ses histoires de famille, autant son fils a su m'impressionner par sa violence, autant Confâ et ce guignol de Rozinsky me donnent envie de repartir m'enterrer dans mon cagibi personnel, à l'abri de la connerie humaine. Qu'est-ce qu'il imagine, ce petit monsieur tout emplumé de ses médailles scientifiques ? « C'est à vous de jouer », non mais vous l'avez entendu, on aurait dit une réplique d'une série B mexicaine des années 50, *c'est à toi de jouer, compadre…* A moi de jouer… Putain de merde ! Mais ils ont compris la situation, ces rigolos ? Ils l'ont captée la puissance des dragons ? Ou bien il faut la leur redessiner en couleurs ? Et c'est quoi ce harnachement qu'ils se proposent d'assujettir à mon corps ? Des barjots, ou des jobards, comme vous préférez, des crétins, des « cons » comme me l'a si joliment conté Jacques-Henri de Nassau. Sauf que le crétin en chef, celui qui a décidé que je pouvais sauver le monde, c'est bien lui ! Le Crétin Suprême en quelque sorte. Ou alors c'est moi. Ben, oui, tiens le Crétin Suprême, bien sûr que c'est moi, parce que je vais y aller dans leur putain de scaphandre à traverser les portes dimensionnelles, je vais l'enfiler leur joujou, et c'est bien moi qui vais foncer tête baissée à la rencontre de ces enfoirés de dragons. S'ils daignent se montrer. S'ils veulent bien jouer un peu avec moi sans me réduire en charpie, s'ils acceptent de m'écouter… Waow, « m'écouter », voilà que je deviens aussi stupide que ces idiots de l'Ibucc et compagnie, qui jouent les fiers à bras, mais qui n'ont aucune carte dans leur jeu. Sauf moi, l'as des as, le Belmondo des galaxies, le Jacky Chan des cordes quantiques, le Schwarzenegger d'Orenœn.

Marta n'a rien dit. Elle les a laissé parler, elle m'a laissé soliloquer à mi-voix. Puis elle a décidé de s'approcher de moi.

— J'ai reçu un message d'Eve-France Dufresne d'Arsel. Elle va mieux, elle sait que vous êtes ici. Elle m'a demandé de vous dire ceci : « Musilag-Semdy s'est échappé, il ne te veut pas de mal. »

Ma tension et ma colère tombent d'un coup. Si même Eva-Eve me pousse à faire un pas de plus, il m'est impossible de reculer. Et j'ai compris moi aussi que Musilag-Semdy, le dragon que j'ai affronté en « corps à corps », est encore sur notre Terre, et je sais moi aussi que notre combat nous a fait chacun entrer si loin dans l'esprit de l'autre qu'il y a désormais entre nous un lien qui dépasse la compréhension habituelle des choses.

Demain sera un autre jour. J'ai maintenant besoin que l'Ibucc m'octroie une nouvelle soirée en tête à tête avec moi même, et si possible une bouteille et un bon lit.

Vendredi 26 avril 2013.

17ᵉ anniversaire de la catastrophe nucléaire de Tchernobyl.
« *You must fight just to keep them alive.* »
Survivor - "Eye of the Tiger" (1982).
Chanson du film *Rocky 3, l'œil du tigre*.

Je monte sur le ring. Voilà l'impression que j'ai alors que les scientifiques dirigés par Stark Rozinsky me harnachent et me connectent. Marta Ramirez et Ruggero Confà supervisent et me donnent des conseils. Etre concentré. Penser à tout le mal que les dragons ont fait et qu'ils pourraient encore faire. Découvrir leurs intentions. Je monte sur le ring et je fredonne en mon for intérieur les paroles d'une chanson de Renan Luce, « *sur ma poitrine une lumière rouge, je t'attendais, je n'ai pas peur* ». Je l'attends la lumière rouge, celle qui me fera savoir qu'ils sont là, qu'ils me voient, que leur esprit est prêt à se colleter avec le mien. Je les attends, ces gaillards aux ailes déployées, ces sombres hérauts d'au-delà du monde, je les attends, je n'ai pas peur… Enfin, si un peu quand même. Car je ne sais pas vers quoi je vais. Vais-je rester dans le vide, le vide entre deux terres « parallèles » ? Vais-je trouver… trouver quoi ? Un interlocuteur ? Un combattant ? Un ennemi ? Je connais les dragons, mais n'existe-t-il pas d'autres créatures, plus mystérieuses, plus dangereuses, qui pourraient profiter de l'aubaine pour faire un saut sur notre bonne vieille Terre… Hello c'est nous, on a vu de la lumière on est entré… et on va tous vous manger ! Vaut peut-être mieux que je pense pas trop. Que je reste « focus » sur ma mission : chercher les dragons, trouver un écho, communiquer, ramener des informations.

Et là, tout à coup, ça va beaucoup plus vite que ce que je pensais. C'est comme sur les vieilles radios, je suis passé des longues ondes à la radio FM et je « reçois » comme un signal. Ils m'ont collé des trucs sur les lobes temporaux, censés amplifier mes perceptions, et ça me faisait marrer, mais j'entends Eva-Eve presque distinctement. « *Il est là, il est là* ». En revanche impossible de lui répondre. Et puis tout à coup *IL EST LA*. Musilag-Semdy est « là »? Là, où ? Mystère. Mais il est bien là et c'est lui qui me parle. Je ne sens plus mon corps. Je ne sais plus si j'ai un corps. Est-ce que j'ai traversé la porte d'Orenœn, est-ce que je suis sur un autre monde, sur une autre Terre, où les êtres ne sont que de purs esprits ? Une sorte de paradis ? De purgatoire ?

Je suis peut-être mort ? Si tant est que « mort » veuille encore dire quelque chose quand on peut traverser des portes dimensionnelles. *Tu n'es pas mort* me dit une voix dans mon esprit. Musilag-Semdy. *Tu n'a pas traversé la porte. Ils ont fermé les portes. Mais moi je suis de ton côté d'Orenœn, je suis ici sur Tarra-408.* 408 ? *C'est le nom que nous donnons à ta Tarra. Ta planète est la dernière dans les cordes, et par ce fait se retrouve la plus proche de la nôtre, Tarra-001.* Les extrêmes se rapprochent toujours... *Oui, vous, humains, nous ressemblez beaucoup, pas physiquement bien sûr... Le nouveau Conseiller Supérieur de Tarra, notre empereur, m'a confié une mission. Avant cela j'ai dû revenir sur 408, mais je me suis retrouvé captif.* C'est toi qui t'es échappé d'un bunker en Sicile, je sais. *Oui, j'ai agi comme agissent toujours les dragons, ils combattent pour leur liberté.* Comme les humains. *Oui, je t'ai dit que nous nous ressemblons beaucoup. Wargl est dangereux.* Wargl ? *Wargl est notre nouvel empereur. Il aime se faire appeler Wargl-la-Revanche, il a destitué Siwolfann-Riink et il n'a pas accepté la défaite que vous nous avez infligée.* Que va-t-il faire ? *Il a choisi deux Supras.* Des Supras ? Qu'est-ce que c'est ? *Je suis un Supra, les Supras sont capables de traverse les cordes et d'aller de Tarra en Tarra. Nous avons des aptitudes mentales qui ressemblent aux tiennes, mais moins puissantes que les tiennes semble-t-il, qui nous permettent de prendre le contrôle d'autres esprits.* Alors tous les dragons ne peuvent pas faire ce que tu fais ? *Non, il y a sur ta Tarra d'autres dragons, nous les appelons les Vigilants, qui étaient en sommeil depuis des milliers d'années, et qui ont constitué la majeure partie de nos troupes. Vous en avez beaucoup tués, mais Wargl compte en réactiver d'autres et d'autres encore pour massacrer les humains toujours en vie et faire de cette Tarra une Tarra où nous pourrons être les seuls maîtres.* Nous vous vaincrons à nouveau, nous sommes moins nombreux désormais mais nous avons développé des armes extrêmement puissantes, malgré votre feu et vos écailles, vous serez vaincus, vous mourrez ! *Nos guerriers sont valeureux... Mais ils n'auront même pas à combattre. Le plan de Wargl est machiavélique.* Quel plan ? *J'ai été chargé de sélectionner deux Supras surpuissants dont le rôle est très simple : conquérir les esprits de vos deux dirigeants, Nassau et Luxembourg. Ainsi ce sont vos propres armées qui anéantiront la population de votre Tarra. Quand les Vigilants se lèveront à nouveau, il n'y aura plus de résistance et nous pourrons ouvrir en grand toutes les portes, Orenœn, Krindjabo, Rennes-le-Château, Stonehenge, Groom Lake 51,*

Teotihuacan, Changping, Gizeh, Eridu, et d'autres encore, et nous, dragons, déferlerons sur Tarra 408. Mais pourquoi me dis-tu tout cela si tu es le bras droit de Wargl ? Cela fait-il partie de son plan ? Je suis le premier sur la liste ? Tu dois prendre ta propre revanche et me tuer ? *Rien de tout cela, je cherchais la porte pour retourner sur Tarra-001 quand j'ai ressenti ta présence. Ta présence est puissante. J'ai alors décidé de te prévenir. Je reste loyal à mon empereur. Sauf s'il décide de mettre en danger la vie de trop de mes frères dragons. Je ressens le même doute chez toi, ton esprit me dit que Luxembourg est un guerrier sans cœur, qu'il veut faire couler le sang. Nous verrons bien. Tu es prévenu.*

Et puis rien. L'écho lointain d'Eva-Eve, comme un souffle dans mon cou. Mon corps toujours aux abonnés absents, même si mes yeux le voient. Sanglé dans un costume de cosmonaute. Ou peu s'en faut. Puis un fourmillement, une douleur diffuse au cerveau. Et de plus en plus forte. La sensation que ma tête va exploser. Puis rien. Tout redevient normal. Mes muscles retrouvent leurs fonctions. Aucune douleur rémanente, même pas un léger malaise. Mais Ruggero Confà qui me hurle dessus :

— Alors, ALORS ? On vous avait perdu, bon sang ! Vous avez vu quelque chose ?

Finalement, mieux vaut jouer la fatigue. Les postillons et les cris de Confà, ça, je ne vais pas pouvoir le supporter longtemps. Je me tourne. Stark Rozinsky est là aussi. Je feins l'évanouissement.

— Ra…menez… moi.

Deux aides me prennent en poids et me déposent sur un fauteuil roulant. Ils me poussent jusqu'à ma chambre. Marta Ramirez les accompagne, elle se tourne vers Confà et Rozinsky.

— Je m'en occupe, leur lance-t-elle.

* * *

L'univers, c'est pourtant pas compliqué, il est infini. Dans tous les sens possibles. Quand vous vous faites ce genre de réflexion, vous avez le droit, et même le devoir, de vous attendre à tout. A tout. Aussi, ma conversation avec Musilag-Semdy ne me paraît pas invraisemblable. Et me remet en perspectives quelques récits historico-religieux : Jeanne, Fatima, Bernadette. Toutes ces femmes qui ont entendu des voix n'étaient peut-être pas folles du tout. Toutes celles et ceux qui ont vu des « ovnis » ont peut-être bien vu des ovnis (venus de quelle corde, de quelle Tarra ?). Et Musilag-Semdy est un dragon qui me parle en esprit alors que je navigue entre deux mondes…

J'avoue que si les dragons n'avaient pas eu ces derniers mois une existence bien réelle et mortelle, je mettrais en doute mon propre entendement. Mais, rien à faire, tout cela est bien réel. Bien tangible. Bien concret.

Marta Ramirez aussi est tout ce qu'il y a de plus tangible. Et elle me parle. Après avoir soigneusement fermé la porte de la chambre que l'on m'a allouée. Après avoir pris soin d'attendre qu'aucun garde, aide, secrétaire, sous-fifre, va-chercher, ne soit à portée d'oreille et après s'être assurée que Ruggero Confà n'était pas lui non plus dans le secteur, pas davantage que Stark Rozinsky. Elle me parle, mais à voix basse. J'ai quitté le fauteuil roulant pour me poser sur une chaise de bureau. Il y en a une autre, Marta est assise dessus, légèrement penchée en avant, vers moi, comme lorsque nous nous étions rencontrés dans ce pub de Londres, mais sans table ni bière entre nous cette fois.

– Tu sais que j'étudie les dragons depuis des années, tu te souviens de l'histoire de l'œuf de Dancers Hill, à Londres, tu sais que je ne parle pas à la légère, tu me fais confiance ?

Je hochai vaguement la tête, dans l'attente de la suite.

– On a un problème avec Ruggero, reprend-elle. Ruggero, il en a plus rien à foutre des dragons, de la recherche, de sauver la planète.

Moi je crois que les dragons maintenant, ils ont fait le boulot, ils ont tué beaucoup de monde, on est beaucoup moins nombreux et on a plein de trucs à reconstruire, on est reparti pour trente années, tu verras. Mais il faut faire attention, que les dragons ils reviennent pas, parce que cette fois, *adios*, on pourrait faire la croix sur notre espèce.

Marta, quand sa colère monte, parle avec un accent espagnol plus prononcé et des formules de phrase pas toujours conformes, mais sa vision est nette et son problème clair. Je la laisse continuer sans rien dire.

— Mais lui, Ruggero, ça qui l'intéresse, c'est pas compliqué, c'est sa gueule !

— Qu'est-ce que tu veux dire ?

— Il veut lé pognon, et lé puissance.

— Le pouvoir ?

— *Si*. Oui, lé pouvoir. Depuis qu'il a rencontré les deux autres fous, Nassau et son fils, celui qui se prend pour le roi, il veut être comme eux. L'argent, le luxe, donner les ordres ! C'est le frustré, Ruggero, trop longtemps qu'il moisit dans des bibliothèques et qu'il accumule la connaissance qui sert à rien. Mais maintenant sa connaissance à lui, sur les dragons, c'est devenu très important, alors lui aussi il veut être très important ! Et moi je veux pas que Nassau et Luxembourg et l'Ibucc, ils se mettent à faire la guerre partout, pas seulement contre les dragons, mais aussi contre les hommes. Alors je veux pas rester avec Confã. Et je veux pas rester bloquée ici, dans la jungle, je veux organiser la lutte contre l'Ibucc, parce que l'Ibucc, c'est plus dangereux que les dragons !

Je repensai à ce que m'avait dit Musilag-Semdy au sujet de Guillaume de Luxembourg et au sujet de Wargl, et à mon propre jugement sur Luxembourg. J'étais partagé, je me refusais à croire qu'après tous ces morts et toutes ces destructions, des hommes – et des dragons – envisageaient d'en faire d'autres, encore et encore et encore.

– Tu es sûre que tu ne vas pas un peu trop loin, Marta ?

– Je pas trop loin, non. Je sais que Ruggero, il discute avec Luxembourg, je sais qu'il lui donne beaucoup d'informations, sur les dragons, mais sur les scientifiques aussi qui gèrent la crise comme ici, et sur toi aussi. Toi, tu es dangereux pour lui, tu sais trop de choses…

– J'étais en osmose avec un dragon, je lui ai parlé et il m'a parlé. C'est étrange, il dit la même chose, que leur chef veut la guerre, encore et toujours la guerre, et il sait que c'est aussi ce que veut Luxembourg. Deux ennemis qui veulent faire couler le sang, il y a deux possibilités : ils envoient leurs soldats se battre les uns contre les autres jusqu'à ce qu'il y ait un gagnant et un perdant, ou bien ils font un arrangement et leurs soldats, ensemble, massacrent les plus faibles.

Au son des pas se rapprochent dans le couloir je me jette dans mon lit et fait semblant de dormir. Confà et Rozinsky entrent dans la chambre, impatients, expliquent à Marta qu'ils ont été extrêmement aimables de la laisser seule avec moi mais que maintenant ils aimeraient en savoir un peu plus. Je me retourne et fais mine de me réveiller. « Il dormait », leur dit Marta.

– Mais maintenant, il ne dort plus. C'est Rozinsky qui a pris en main la discussion. Alors, M. LaMarca, que s'est-il passé pendant votre sommeil ?

Je leur explique, Musilag-Semdy, la porte d'Orenœn et les autres portes, le danger qui menace d'une nouvelle invasion de la Terre par les dragons.

– Mais rien de plus précis, je ne sais pas s'ils ont des bases sur Terre, comment ont peut les annihiler à coup sûr, cela n'a pas duré.

– Cinq heures ! Si, ça a duré cinq heures, me coupe brutalement Confà.

– Pas pour moi, cela a été très rapide, à peine un échange, une minute, deux peut-être, pas plus, et je me suis réveillé avec des fourmillements sur les lobes temporaux.

– Hmm, grommellent Confâ et Rozinsky à l'unisson. On recommencera demain, ajoute le petit monsieur d'un air quasi-dictatorial.

Ce dont il n'est absolument pas question pour moi. Je ne vais pas « recommencer », et, surtout, pas ici. Je veux bien retourner face aux dragons, il *faut* que je retourne face aux dragons, mais à mes conditions, pour tenter de faire la paix et non pas pour calculer comment faire la guerre. Je dois essayer de m'introduire dans l'esprit de Wargl. Et ce n'est pas ici, harnaché, attaché, sommé d'avoir des résultats, que je vais y parvenir. Il va falloir que je me tire d'Orencen. Et que Marta Ramirez m'aide dans cette nouvelle aventure !

Lundi 29 avril 2013.

392ᵉ anniversaire de la bataille de Västerås, par laquelle les Suédois se libérèrent de l'emprise danoise.
« *Il est libre, Max,*
y'en a même qui disent qu'ils l'ont vu voler. »
Hervé Cristiani - "Il est libre, Max" (1981)

Le week-end, il ne s'était rien passé. Un week-end normal, en somme, mais au cœur de la forêt tropicale. Personne n'avait quitté Orencœn, tout le monde était là, mais rien. Aucune velléité de me connecter, de m'envoyer au pays des songes ou dans celui des dragons. *Sunday closed*, comme disaient les Anglais dans le temps. Et *saturday* aussi, par la même occasion. Comme si la mission de la station était un truc régi par les lois du travail des bureaux « normaux ». Voilà, un bureau « normal » au fin fond de la jungle de la péninsule d'Aceh, en Indonésie, quelques mois à peine après que la planète entière ait été dévastée par des dragons sortis de nulle part. C'est beau l'administration, c'est résilient, ça encaisse les chocs, et ça bosse du lundi au vendredi, aux heures ouvrables… Un week-end dans la jungle avec Marta Ramirez, Ruggero Confà et Stark Rozinsky. Autant vous dire que j'ai fait le mort, le fatigué, le au-bout-du-rouleau. Hormis une balade en forêt, toutefois, durant laquelle Marta et moi avons mis au point notre plan pour quitter Orencen. Mon intention est de retourner dans mon village cévenol et d'y poursuivre ma traque de Wargl, mais à ma façon, et sans doute avec Eva-Eve et peut-être Marta Ramirez, et ceux qui seraient de mon côté de la « force ». Pour cela, il me faut faire faux bond à l'Ibucc, qui me tient à l'œil et qui a des avions qui pourraient m'amener à destination en moins de quatre heures. Mais qui ne va plus, cette fois, les mettre à ma disposition. Fini les Alban Cadet, les Lazare-Marie de Venaco, les Lee-Jack Koyna, fini les Nassau père et fils, fini l'Ibucc, ses MiG, ses hélicos et ses blindés, à moi de jouer, *compadre*.

Mais je vous parlais d'une balade en forêt… Orencen a beau être au milieu de nulle part, ce ne sont pas les habitants qui manquent. Et à quelques centaines de mètres de la base scientifique de l'Ibucc, Marta et moi tombons sur un village. Pas un truc de sauvages vivant encore à l'époque préhistorique, non, un village moderne, électrifié – grâce à un groupe électrogène fonctionnant au pétrole, chichement mais vaillamment – et dont les habitants connaissent tout ce qu'il faut connaître de la vie moderne : téléphone et télévision, ordinateur et même machine à laver d'après ce que nous pouvons voir. Et ce village est au bout d'une route. Une piste en terre battue, mais sur laquelle les véhicules circulent. Que demande le peuple ? Après un entretien avec le chef du village et la garantie de quelques dollars facilement gagnés, nous convenons de rejoindre sa bourgade forestière le lendemain à 6 h et que de là un villageois nous conduira jusqu'à la ville de Rembele, qui dispose d'un petit aéroport régional. Le chef connaît quelqu'un qui pourra nous amener, discrètement, de Rembele jusqu'à l'aéroport international de Kualanamu, à Medan, la deuxième ville d'Indonésie, autant dire l'endroit idéal pour se perdre dans la foule. Il faut dire que le chef du village est un membre éminent du GAM, le Gerakan Aceh Merdeka, ou « Mouvement pour un Aceh libre », parti indépendantiste qui voit d'un très mauvais œil ce que l'Ibucc trame dans sa forêt. Le chef est donc ravi de jouer un sale tour à ces néo-colons, et il nous promet que le transfert se fera dans la plus grande discrétion, qu'aucun Casque Noir ne pourra nous retrouver tant que nous serons sous leur protection. Après quelques dollars passés de main en main et la promesse d'un joli paquet de nouveaux dollars le lendemain, l'affaire est conclue. A charge pour nous maintenant d'échapper à la vigilance des Men In Black le lendemain matin. Mais, pour cela, j'ai ma petite idée, vieille comme le monde.

* * *

Finalement, mon passage par le casino Venetian de Macao n'aura pas été inutile. Guillaume de Luxembourg avait tenu à me faire jouer à la roulette, au blackjack et au poker et j'étais sorti de là avec plusieurs milliers de dollars en poche. Bien plus qu'il n'en faut pour soudoyer les Casques Noirs locaux censés nous empêcher de quitter l'enceinte de la base d'Orencen. Un bakchich après l'autre, base, piste, village, piste, petit aérodrome, petit coucou, aéroport international, guichet de la compagnie aérienne Cathay Dragon (ça ne s'invente pas), nous voici en train de décoller du Kualanamu International Airport, à Medan, Indonésie, en direction de Zürich, Suisse. Vol sans escale, hôtesses et stewards souriants, bouffe dégueulasse. Il est 11h45 heure locale, aucun membre de l'Ibucc ne s'est manifesté, aucun dragon à l'horizon. Confà et Rozinsky doivent enrager et nous chercher partout. Nous rions sous cape en comptant les dollars qui nous restent alors que l'avion quitte la piste et grimpe au-dessus du vert profond de la forêt pour pénétrer dans le coton gris des nuages.

Mardi 30 avril 2013.

150ᵉ anniversaire de la bataille de Camerone, qui fait toujours la gloire de la Légion étrangère française.
« That's right, we're talkin' about the good life / In the foodchain / Love among the ruins / I guess that you've finally come to accept / I t's just nothing you can do about it »
Tonio K. - "Life in the Foodchain" (1978).

Cette fois les dés sont jetés. Pipés, peut-être, mais jetés. L'armée peut-elle vraiment être un recours ? L'ordre est-il, même face aux dragons, le garant de la liberté ? L'armée n'a-t-elle pas pour rôle de protéger la liberté des populations ? L'Ibucc joue-t-il ce rôle ? L'Ibucc se confond-il avec une armée mondiale ou bien est-il une faction de plus sur une planète qui combat les dragons et qui n'a cessé depuis la nuit des temps d'envoyer des hommes combattre d'autres hommes ? Qui est qui dans cette histoire ? Les dragons sont-ils comme nous, capables du pire comme du meilleur ? Demandez à l'homme de la rue, traumatisé, menacé, dont des membres de sa famille ont peut-être été tués, si l'armée doit éradiquer tout dragon ou toute ombre de dragon. Bien sûr qu'il vous dira oui. Un bon dragon est un dragon mort. « Tous des cons », sentenciait Jacques-Henri de Nassau. Peut-être bien. J'ai affronté le dragon et je l'ai vaincu, mais le dragon m'a pardonné, le dragon m'a mis en garde, le dragon m'a livré des secrets. Musilag-Semdy est-il un « faux-dragon », un pleutre, un traître ? Ou n'est-il pas plutôt ce que sont la plupart des dragons et la plupart des hommes : un être en quête de paix et de liberté, plutôt que de guerre et de souffrance.

Depuis que je suis arrivé dans mon village des Cévennes, je n'ai pas cessé de réfléchir. *A la liberté*. Elle ne se réclame pas, elle se conquiert. *A la vie*. La vie n'est pas une asymptote, cette courbe qui ne rejoint jamais un sommet, c'est une courbe qui se brise, qui finit inexorablement par atteindre notre mort. *A la féodalité*. Que Jacques-Henri de Nassau tente d'endiguer, mais qui renaît et se reforme après la formidable explosion qu'a été l'attaque des dragons. Partout, des régions, des tribus, des religions, des chefs de guerre, des peuplades, des groupes confédérés, des villes, des montagnes, des entreprises, leurs actionnaires et leurs employés, tentent de se replier sur eux-mêmes ou de prendre le pouvoir sur leurs voisins, malgré l'Ibucc, malgré les troupes noires de

Guillaume de Luxembourg, empereur féodal qui doit faire face à une infinité de micro-rébellions. *Au progrès*, que l'on a confondu avec la technologie, en oubliant tout ce dont notre esprit était capable. *A moi* aussi, bien sûr, à qui je suis, est-ce que je me suis coupé de ma matrice, est-ce que je me cache à moi-même, est-ce que les dragons ont réveillé mon âme ?

Nous attendons Eva-Eve. Il pleut tous les jours, le puits se remplit, les nappes phréatiques jubilent. La nature revit, c'est le printemps. Le village a pourtant des allures de fin du monde. Le ciel lumineux écrase les forêts omniprésentes, vertes et épaisses. Des gars circulent la tronçonneuse à la main, on n'entend guère autre chose que les aboiements des chiens de loin en loin et le chant du coq au petit matin. Les murs sont gris et le temps est comme figé, comme dans une petite bourgade du *no man's land* américain avant qu'un psychopathe, tueur en série, ne fasse son apparition.

Marta s'est installée au rez-de-chaussée de la maison, moi au deuxième étage, Eva-Eve prendra le premier et nous tenterons de forcer le sort dragonien dans l'annexe, ce sera notre champ de bataille, notre ring de boxe mentale, notre cage de combat MMA. Aucun officiel n'est censé savoir où nous sommes. J'ai envoyé un gars du village tâter le terrain administratif et policier. L'Ibucc local sait que j'ai disparu d'Orencen mais le capitaine en poste à Alès, la grande ville du coin, où il a rang de sous-préfet, directement sous les ordres d'Alban Cadet, n'en a rien à cirer, il a d'autres chats à fouetter, son gradient n'est pas si calme qu'il y paraît : les chasseurs tirent sur tout ce qui bouge sans discernement, au prétexte qu'ils croient avoir vu un dragon, et les sangliers n'ont jamais été aussi envahissants, même s'ils ne crachent pas de feu et sont bien incapables de voler.

Demain, nous irons au marché de La Grand-Combe, les paysans de la montagne cévenole, qui semble avoir échappé aux radiations après l'explosion de la centrale nucléaire de Tricastin, y vendent légumes, viandes, fromages et charcuterie. De quoi tenir un siège. Et c'est bien ce dont nous allons avoir besoin. Car demain Eva-Eve va être relâchée par le corps médical et elle va rejoindre notre tanière. Prêts pour la chasse au dragon.

Mercredi 1ᵉʳ mai 2013.

1708ᵉ anniversaire de l'abdication des empereurs romains Dioclétien et Maximien.
« I face the dawning and I feel like I'm dead / Still thinking about the Fall of Rome »
James Reyne - "The Fall of Rome" (1987).

Peu de gens sont sains d'esprit. Vous croyez naviguer en toute sécurité, alors qu'autour de vous, sous chaque crâne, sévit une tempête. Sous le mien, la tempête s'appelle Guillaume de Luxembourg. Plus je pense à cet homme, plus ma certitude se forge, cet homme-là est plus dangereux qu'une attaque de dragons. Il est avide de pouvoir et assoiffé de sang, et sa position actuelle est loin de lui suffire. Mais une chose après l'autre. Je dois encore essayer d'en savoir plus sur les intentions des dragons, tel est l'ordre des priorités.

Nous buvons un café dans la cour de la maison familiale quand un véhicule sombre, de type SUV, ralentit et s'arrête devant le portail. Je m'attendrais presque à voir en sortir le commandant Venaco, dont la rigidité exemplaire reste pour moi une sorte de Graal que je ne pourrai jamais atteindre, mais, si c'est bien un militaire qui, le premier, s'extrait du véhicule, il n'a rien à voir avec le commandant. D'un geste presque furtif, il ouvre la portière arrière gauche du véhicule, celle qui est du côté où je me trouve, et je vois en sortir deux hommes d'un certain âge. Une impression de déjà vu me gagne. Je connais ces types-là. Un autre militaire s'est extrait de la place avant-droite et, après avoir fait le tour de la voiture par l'avant, il les précède dans la cour. C'est lui qui m'adresse la parole :

— Biagio LaMarca, c'est bien vous ?

Je hoche la tête. Les deux civils sont deux mètres derrière lui, un autre militaire derrière eux, qui semble ausculter les alentours comme pour protéger les deux hommes de toute mauvaise surprise.

— Et cette dame est madame Dufresne D'Arsel ?

— Ah non, chéri, se gausse Marta, on t'a mal renseigné, tu devrais mieux lire tes fiches…

Le mec ne se démonte pas pour autant. Un avion militaire passe dans le ciel à basse altitude et grande vitesse, a-t-il un lien avec la venue de cet équipage inattendu ?

— Dans ce cas, nous allons attendre Mme D'Arsel tous ensemble.

Il se tourne vers ses deux camarades et leur fait signe de venir s'asseoir à la table de jardin où Marta et bois buvions notre café. Les deux hommes s'approchent, l'un, pas très grand et plutôt rond, en dandinant de manière vaguement grotesque, le second, mince et haut de plafond, d'un long pas chaloupé. C'est alors que leurs noms et leur fonction me sautent à l'esprit, et je vois du coin de l'œil que Marta elle aussi vient de les reconnaître. Jacques Hollande et François Chirac, rien de moins, les deux derniers présidents en date de la République française ! Bon sang !

— Pas de chichi, pas de chichi, souffle Hollande comme une excuse, un petit café, ce sera parfait…

De fait, bien que nous ne lui ayons rien proposé, je rentre dans la cuisine, attenante à la cour, et relance la cafetière. Chirac reste debout et coi un instant, il soupire.

— Madame, monsieur, veuillez excuser notre intrusion, mais nous devons voir Mme D'Arsel, ainsi que vous même, monsieur LaMarca, il y a certaines choses que vous devez savoir. Quant à vous, madame, madame ?

— Ramirez, j'appartenais au Dragon, je viens de les quitter, il y a un problème avec le Dragon.

Chirac sourit d'un air pincé.

— Oui, madame, avec les dragons et avec le Dragon, en effet, selon certaines informations que nous avons en notre possession, n'est-ce pas Jacques, apostrophe-t-il le petit homme qui acquiesce d'un air soudain beaucoup plus martial, le Dragon détiendrait précisément un dragon et cela pourrait être la source d'un nouveau… débarquement, si je puis dire.

Je me retiens pour l'instant de lui dire que ledit dragon s'est échappé et que j'ai eu, personnellement, un contact approfondi avec lui. D'abord, je dois comprendre ce que ces deux hommes font là, ensemble, et que cherchent-ils exactement. Tout en leur servant à chacun une tasse de café, je leur pose donc la question.

— Messieurs, c'est certes un honneur de vous recevoir, mais expliquez-nous, vous semblez encore jouir d'un certain pouvoir alors que l'Ibucc vous a détrôné, et qu'est-ce qui vous fait croire qu'Eve-France Dufresne devrait être ici, et que lui voulez vous ?

— C'est elle qui nous a contacté, répond Hollande, c'est elle qui nous a demandé de venir…

— Oui, je ne suis plus président depuis longtemps, renchérit Chirac, mais mon successeur, d'un coup de menton il désigne Hollande, est tout comme moi un farouche opposant à ce monsieur de Nassau. Il s'est fait berner par son premier ministre, Emmanuel Vallcron, tout à la botte des Nassau, et qui dirige désormais notre pays au nom de l'Ibucc.

– Ils m'ont chassé avec une baïonnette dans le dos, se décompose Jacques Hollande, oui, une baïonnette, une vraie, parce que je voulais maintenir l'unité de la France et sa souveraineté, ils m'ont mis dans un fourgon, encagé, ligoté et ils m'ont enfermé dans une bâtisse glauque au fin fonds des Ardennes.

– Au cœur du centre commercial de Mont-Saint-Martin, sourit Chirac, ils t'emmenaient des McDo's tous les jours pour te nourrir, plains-toi ! Plus sérieusement. J'ai encore des partisans fidèles monsieur LaMarca, nous l'avons tiré de là. Vallcron est un génie du mal, et si vous saviez tout ce que je sais sur Nassau et son fils, ah... son fils !

Il est peut-être temps de lâcher quelques bribes. Je décide de leur parler.

– J'ai rencontré Jacques-Henri de Nassau et son fils. J'ai été enrôlé par leurs sbires pour tenter d'établir un contact avec les dragons. Mais il est certain que Guillaume de Luxembourg ne va pas se contenter d'obéir aux ordres de son père. Et qu'il n'est pas intéressé par la paix. Jusqu'ici, messieurs, nous sommes sur la même longueur d'ondes.

— Vous connaissez mon point de vue sur la guerre, reprend Chirac, dont l'un des faits politiques majeurs avait été, quelques années auparavant, de refuser d'entraîner la France dans une guerre au Proche-Orient. Et peut-être connaissez vous aussi mon penchant pour les femmes… Eva-Eve a été une amie très proche, et elle a très bien fait de me contacter. J'ai encore des réseaux puissants, et des hommes à mon service. Armés, faut-il le préciser ? Et certains dans les plus hautes sphères de l'Ibucc, prêts à se retourner si je le leur demande. Eva-Eve m'a longuement parlé de vous, monsieur LaMarca, et de ce dragon avec qui vous avez lié une sorte d'amitié, si l'on peut dire. Elle a foi en vous, et nous sommes venus nous apporter tout notre soutien. Et notre protection éventuelle contre l'Ibucc, si le besoin s'en fait ressentir. Et ne vous fiez pas à l'air un peu minable de mon camarade, il a lui aussi de solides réseaux à sa disposition, vous verrez, quand cet intermède ridicule et meurtrier sera terminé, il reprendra sa place. Et je le soutiendrai.

* * *

Deux heures plus tard, Eva-Eve arrivait à son tour, à cheval, sans plus aucune séquelle physique apparente de ce qu'elle avait subi. Elle se jeta dans les bras de François Chirac. Puis dans les miens. Elle palabra un long moment avec Marta Ramirez, puis décréta qu'on n'avait plus de temps à perdre. La nuit était tombée. Le moment était venu…

Jeudi 2 mai 2013.

**55ᵉ anniversaire du début des « événements » de Mai 68 en France.
Tôt, très tôt le matin.**
« The future's so bright, I gotta wear shades; »
Timbuk 3 –
"Future's So Bright I Gotta Wear Shades"
(1986).

On fait des trucs, on en initie, mais on ne sait jamais en réalité où cela va nous mener. Parfois, ces « trucs » que l'on fait nous dépassent, prennent vie et se mettent à diriger nos actes. Ainsi, quand j'avais sauté sur ce dragon, le 21 décembre, la logique aurait voulu que je meure dans les minutes qui suivent, broyé à mort, croqué, écrasé. Mais non. Non seulement j'étais toujours vivant mais mon acte insensé, de pur réflexe, « complètement con », dirait Jacques-Henri de Nassau, avait changé le cours de ma vie. Et peut-être le cours de la vie de millions d'individus. Le cours de la vie de la planète. Je vous présente mes excuses si vous pensez que j'exagère, que je me prends trop au sérieux, que ça m'est monté à la tête. N'empêche. Si je ne suis pas à l'asile en train de rêvasser cette histoire, alors cette histoire a bien eu lieu, et j'y ai bien joué le rôle que l'on m'accorde d'y avoir joué. Le Bruce Willis de 2013, le type qui sauve la Terre entière par un acte de bravoure déterminant. De là à y retourner... Pas si simple. Vous allez m'objecter que j'y suis déjà retourné, alors où est le problème ? Mon voyage à Orencen à la rencontre une deuxième fois de Musilag-Semdy n'était pas vraiment volontaire. En ce sens que j'étais en colère, manipulé, et légèrement inconscient, comme dans un état second. Cette fois je suis lucide, responsable. Et j'ai peur. Terriblement peur. Il faut que mon esprit traverse la porte, quoi que soit cette porte, et aille dans un autre monde, un monde inconnu, à la recherche de créatures terrifiantes, et à la rencontre de la plus terrifiante parmi les créatures terrifiantes, leur leader, leur chef, celui dont l'esprit est à la manœuvre pour nous anéantir, celui que je dois combattre pour l'en empêcher. Et, à supposer que j'arrive jusque-là, que je ne me liquéfie pas dans les limbes, que mon crâne n'explose pas, que je ne sois pas retourné ou démantibulé, il faudra que je revienne. Drôle de programme. Et cette fois même la présence d'Eva-Eve, pas plus que celle de deux anciens présidents, ne m'aide à engager le processus. Je bois, je fume, je fais les cent pas dans le jardin. A tel point que tout le monde a cessé de m'encourager. Leur volonté d'aller vite et fort s'est estompée. Ils me donnent du large, ils vont se coucher, ils m'abandonnent là, posé, prostré, assis sur un muret face à la margelle du puits. Il doit être 4 heures. Du matin.

C'est un froissement d'ailes qui me redonne conscience. Je ne sais pas si je l'ai rêvé ou s'il était réel. J'ai dû m'assoupir dix minutes, peut-être quinze. Je ressens la présence de Musilag, là, quelque part entre deux mondes. Je décide de partir à sa recherche et je me mets en route vers la montagne qui domine le village. La lune m'éclaire et mon téléphone portable aussi, à dire vrai, pour éviter les creux et les arêtes du chemin. Je vais vers ce que l'on appelle ici « la croix », un carrefour éloigné de quelques centaines de mètres de la petite agglomération, où se croisent deux sentiers qui grimpent vers le haut de la colline, et où une veuve a fait planter une croix d'un mètre de haut dont le socle porte le nom de son mari accompagné d'une vieille photo en noir et blanc, sous-verre et jaunie. Je m'assieds sur le rebord de la croix, le support en béton qui la soutient, et mon esprit vagabonde.

Une nouvelle présence me fait soulever les sourcils. Des sourcils intérieurs, je ne suis plus en mesure de me soucier de mon corps physique, je sais qu'il est là, assis sur ce rebord, mais je ne sais plus s'il est vivant ou mort, seul mon esprit vagabonde encore et j'ai compris qu'il a traversé les cordes, qu'il a été attiré par les dragons. Je ne sais pas si eux savent que je suis là, mais moi, je ne divague plus du tout, je n'ai plus du tout sommeil, je suis en train de me diriger vers un brouhaha qui se précise, le bruit d'une foule. Une foule de dragons. Je suis sur Tarra-001, la chose est certaine, et l'assemblée de dragons vers laquelle je suis en train de me diriger n'est rien d'autre que leur Conseil Supérieur et l'orateur que j'entends presque distinctement maintenant ne peut être un autre que Wargl. Il vitupère et crache des flammes, ses auditeurs semblent jubiler et hurler de joie. Mais certains se taisent, comme apeurés. Il y aurait donc, parmi les dragons, des réfractaires à l'enthousiasme guerrier de Wargl-la-Revanche. Soudain celui-ci s'arrête, son museau de feu semble humer l'air. Je n'existe pas, je ne suis pas physiquement là, seul mon esprit a traversé les cordes. Mais mon esprit est brusquement tétanisé. Face à lui une puissance supérieure, c'est l'esprit de Wargl, qui ricane et me réduit à l'immobilisme le plus total. Je n'arrive même plus à penser, j'erre entre rien et rien. Je suis piégé.

SUR LA TERRE DES DRAGONS

Extrait du discours de Wargl au Conseil Supérieur de Tarra-001

« Je serai bref mes amis, mes chers dragons, vous les Supras et vous qui dirigez notre Tarra. Notre guerre contre les Humains est dans un tournant important.. Certains parmi vous ne l'approuvent pas. Je sais que tel est le cas de Musilag-Semdy, à qui j'avais pourtant confié la haute responsabilité d'entraîner deux Supras à une fusion décisive qui doit nous donner la victoire. Mais Musilag-Semdy a disparu, il s'est évanoui quelque part entre Tarra-001 et Tarra-408. Sa défaite face à l'humain LaMarca, car je sais maintenant son nom puisque cet humain est en ma possession, oui cet humain est en ma possession, son esprit gît ici, au cœur de MON esprit ! Quant à la défaite de Musilag face à cet avorton, sa défaite minable et honteuse, elle semble être irréversible. Musilag est un traître à notre peuple, et gare à ceux qui suivront son chemin !

J'ai donc désigné moi-même deux Supras dont la mission sera de la plus haute importance. Toi, mon frère Karbon-Terzl, tu seras chargé de prendre possession de l'esprit de Jacques-Henri de Nassau, le chef de Tarra-001, et toi, Fredal-

Toklan, vaillant guerrier, tu devras diriger l'esprit de Guillaume de Luxembourg et, à travers lui, entraîner les armées humaines à s'entretuer afin que nous n'ayons plus qu'à cueillir cette planète pour la faire rôtir, pour la faire nôtre !

En attendant, puisqu'il nous faut attendre, un ultimatum a été lancé contre Saar-Meï, la Tarra 111 où certains de nos frères dragons sont encore sous le joug des ridicules humains. Demain nous écraserons cette planète sous notre feu et nous ne laisserons aucun survivant humain ! Les temps ont changé mes frères, les Humains menacent les Cordes, les Tarras sont en danger, ceux de Saar-Meï seront les premiers à payer cela de leur sang ! Les Dragons vont reprendre possession de leurs biens !

Ainsi a parlé Wargl La Revanche ! »

Jeudi 2 mai 2013.

28ᵉ anniversaire de la naissance de la chanteuse anglaise Lilly Allen.
« Fuck you. »
Lilly Allen – "Fuck You" (2009).

– Putain, mais où il est passé ?
– On n'aurait jamais dû le laisser seul !
– Qu'est-ce qu'il y a, qu'est ce qui se passe ?
– Il y que Biagio a disparu.
– LaMarca ?
– Oui, LaMarca, vous en connaissez un autre, vous ? De Biagio ?

C'est Marta qui venait de donner l'alerte, et c'est elle qui commença à organiser les recherches. Il devait être aux alentours de 7 heures du matin, ou guère plus à vue de soleil. Les deux ex-présidents semblèrent acquiescer, Eva-Eve, elle, préféra temporiser.

– Il est très loin au contraire. Je ne ressens pas sa présence. Vous pouvez aller à la recherche de son corps, vous ne trouverez pas son esprit. Il a été mis en cage par un esprit plus puissant. Nous devons réfléchir.

– C'est tout réfléchi, répondit Marta Ramirez du tac au tac. Vous et vous, éructa-t-elle en s'adressant à François Chirac et Jacques Hollande, donnez-moi vos gardes du corps, on va faire une battue !

* * *

On retrouva mon corps quarante-cinq minutes plus tard au pied de la croix. Il avait basculé, affalé sur le sentier, le nez dans l'humus et les cailloux. On le transporta jusqu'à la maison, où Eva-Eve le prit en charge. J'avais une vague conscience de tout cela, enfermé que j'étais dans l'esprit de Wargl.

– Il est dans le coma, jugea Jacques Hollande.

– C'est autre chose, lui répondit Eva-Eve, cela peut y ressembler, mais c'est bien pire, son esprit est ailleurs, il n'est pas dans son corps, et…

Elle s'était arrêté, comme brisée.

– …et je ne sais pas où il est, il ne communique pas, il ne me répond pas, je l'appelle et je me heurte à un mur, une puissante muraille, comme un esprit supérieur qui m'empêche d'aller plus loin. Bon sang ! C'est comme si un puissant dragon s'était emparé de lui. Il est prisonnier !

Samedi 4 mai 2013.

**59ᵉ anniversaire de l'instauration
de la dictature par Alfredo Stroessner
au Paraguay.**
« On va tous crever, on va tous crever. »
Didier Super – "On va tous crever" (2004).

Orencen. Coin de forêt perdu en Indonésie. Porte d'un ailleurs, d'autres Terres. Ruggero Confà n'en a rien à faire des ailleurs. Pour lui, tout cela n'est que foutaises. Il connaît bien les dragons et il ne croit pas une seconde qu'ils puissent venir d'une autre planète, que celle-ci soit quelque part dans le cosmos ou bien qu'elle existe dans un monde « parallèle ». Pour lui, la cause est entendue, les dragons sont bien de chez nous, de cette Terre, et pas d'ailleurs. Le problème, estime-t-il, c'est que le système humain bugge. S'il y avait un Grand Informaticien, il y a bien longtemps qu'il aurait constaté le bug, qu'il aurait arrêté le système et qu'il l'aurait redémarré. C'est peut-être bien ce qu'il est en train de faire d'ailleurs, il a lancé la sauvegarde « dragons » qui permettra d'éliminer le bug « hommes ». Ruggero Confà sourit à sa trouvaille. Il faut dire que l'animal – Ruggero – est assez fier de lui, de manière générale. De ses connaissances, de son intelligence, et même de son physique, malgré l'âge qui commence à peser sur ses traits et dans ses muscles.

Ce qu'il fait à Orencen ? Il obéit aux ordres des puissants. Car, dans sa propre conquête du pouvoir, Confà estime qu'il faut un temps pour tout, y compris pour obéir, se faire bien voir, avant de passer aux choses sérieuses. Spécialiste unanimement reconnu des dragons, chercheur de renommée internationale, il a n'a pas eu de mal à se faire coopter par Jacques-Henri de Nassau et son fils. Il a damé le pion à quelques autres chercheurs, dont Marta Ramirez et la professeur anglaise Anna Kennedy, de dangereuses rivales qu'il a su circonvenir en se tenant dans les parages des Nassau. Seul problème : le jeune Stark Rozinsky. Sorti de nulle part, ce mathématicien de mes deux m'est passé devant sans que je m'en aperçoive, pense souvent Confà. Aussi la disparition de Biagio LaMarca et Marta Ramirez d'Orencen, le fait qu'ils se soient échappés, car, au bout du compte, il faut bien appeler un chat un chat, met Confà en joie. Il peut maintenant faire peser la faute sur Rozinsky et ainsi le faire envoyer en disgrâce dans un quelconque centre de recherche sans importance.

Ou juste le laisser là, à Orencœn – sans LaMarca, le lieu n'a plus du tout le même intérêt – tandis que lui s'envolerait pour Macao, Genève ou New York. Confà est prêt pour ce nouveau départ.

Guillaume de Luxembourg lui-même a honoré la veille la base d'Orencœn de sa présence et les deux hommes ont eu une longue discussion. Le sort de Rozinsky ? Il sera finalement expédié à Stonehenge, où a été installée une base similaire à celle d'Orencœn et où il deviendra le second d'Anna Kennedy. Autant dire qu'il ne compte plus. Tandis que lui, Ruggero Confà, descendant de la grande famille des Confà de Castiglione, contes de Trasimène, va devenir conseiller privé de Guillaume de Luxembourg. *Consigliere*. Mi-florentin, mi-mafieux, Confà aime ça, et il entend pousser cette logique au maximum. Il a dans l'Histoire un modèle, le cardinal Dubois, l'homme qui gouverna la France sous la régence de Philippe d'Orléans, au début du XVIIIe siècle. Intelligent, tacticien, jouisseur. C'est tout moi, se dit Confà.

Durant la longue discussion qu'il a eu avec Guillaume, ils ont fini par échafauder un plan qui conforte Ruggero Confà dans son grand rôle de conseiller occulte mais surpuissant.

– Votre père est trop libéral, a avancé Confà. Il veut le bonheur des hommes et la paix dans le monde… C'est un naïf, cela ne se peut pas. Ce n'est pas ainsi que le monde tourne, et, de plus, cela nous met tous en danger. Nous avons besoin de force pure pour faire face à un possible retour des dragons, et nous avons besoin de force pure aussi et surtout pour éliminer tout ceux qui refusent l'ordre mondial que l'Ibucc est en train d'installer. Nous avons besoin de vous, et non pas de lui !

Le discours de Confà étant exactement celui que Guillaume de Luxembourg avait envie d'entendre, il ne fallut pas longtemps aux deux gaillards pour se devenir amis et complices.

– J'ai rencontré ce LaMarca, raconte Guillaume de Luxembourg, mon père croit qu'il est dans le vrai, que l'on pourra éliminer définitivement le danger des dragons par la force de l'esprit… C'est du grand n'importe quoi, vous avez raison Ruggero.

Dépliant son couteau, Luxembourg convia Confà à le suivre dans la forêt. Il s'approcha d'un grand eucalyptus et sculpta dessus un grand O.

– Nous bâtirons ici notre capitale, nous ferons de cette province le centre du nouveau monde. Nous l'appellerons Orenœn Imperium. Je serai l'empereur et toi, Ruggero, tu seras mon Premier ministre.

Puis il entailla sa paume gauche et prit celle de Confà qu'il entailla également. A la façons des tribus amérindiennes ou des clans mafieux, ils mélangèrent leur sang.

— Demain, je vais prendre la place de mon père et nous allons commencer les travaux de notre capitale ! Nous allons recruter des Casques Noirs et éliminer tous les adversaires qui se dresseront sur notre route ! L'Empire d'Orenœn est né !

Lundi 6 mai 2013.

331ᵉ anniversaire de l'installation de la cour de Louis XIV au château de Versailles.
*« Les arbres ont disparu,
mais ça sent l'hydrogène sulfuré,
l'essence, la guerre, la société... »*
Nino Ferrer –
"La maison près de la fontaine" (1971).

Guillaume de Luxembourg ronge son frein. Il est parti faire un grand tour du monde des bases de l'Ibucc. Ruggero Confà l'accompagne. Pour l'instant les deux hommes n'ont pas eu l'opportunité de mettre en pratique leur plan, qui vise à éliminer physiquement Jacques-Henri de Nassau. Mais Guillaume renforce son pouvoir militaire. Dans un sous-sol bunkérisé de l'aéroport de Macao, il a réuni son état-major et a confié à ses plus hauts gradés la tâche de recruter de nouveaux Casques Noirs et de lui délivrer sous huitaine un audit détaillé de tous les points de la planète où des factions veulent faire régner leur ordre indépendamment de l'Ibucc.

— Il n'y a plus de passe-droits religieux, financiers, a-t-il martelé, nous ne construirons un monde solide que si nous l'unifions sous la bannière de l'Ibucc. Mettez les préfets au pli, a-t-il insisté, ils doivent travailler la main dans la main avec vous, leurs agents de terrain, leurs espions, leurs administrations doivent être à votre service, ils vous appartiennent, en période de crise c'est l'armée qui est prioritaire, pour toute chose et en tout lieu. En permanence. Mon père, leur a-t-il encore dit, n'est qu'un valet de la finance, considérez-le comme mon second. En tant que chef des armées c'est à moi de décider, je suis la tête, vous êtes mon corps !

Si Ruggero Confà boit du petit lait en écoutant son allié exhorter ses troupes, tous les généraux ne voient pas du meilleur œil ce virage autoritaire. Pour autant, personne ne moufte, Guillaume de Luxembourg peut dormir sur ses deux oreilles, seuls les dragons pourraient venir perturber son sommeil.

Lundi 6 mai 2013.

753ᵉ anniversaire de l'arrivée au pouvoir de Kubilai Khan, grand Khan des Mongols
« *Le voce intorno a me cambia il mondo.* »
Adriano Celentano –
"Ti penso e cambia il mondo" (2011).

Je suis aux prises avec le pire esprit qui soit à travers les cordes. Wargl est sanguinaire, il est colérique, il est revanchard. Il n'a qu'une seule idée en tête, et je suis dans sa tête comme il est dans la mienne : éradiquer l'espèce humaine. Celle qui se trouve sur notre Terre, Tarra-408 pour lui, mais aussi celle qui se trouve sur Tarra-111, dont il est en train de préparer l'invasion, et celles qui pourraient se trouver sur d'autres Terres. Il faut que je me libère de l'esprit de Wargl. Mais comment faire ? Sa force mentale est comme une muraille infranchissable. Je sens pourtant qu'il y a un autre côté, que sa psyché n'est pas un puits sans fond, qu'elle est aussi prise d'assaut par l'extérieur. Je ressens de manière lointaine la présence d'Eva-Eve. Et pas seulement. Eva-Eve est accompagnée, je ressens des dizaines de présences. Minuscules. Mais ne dit-on pas que les petits ruisseaux font les grandes rivières ? Le flot immense d'un rassemblement peut-il faire céder les digues surélevées que Wargl a dressées autour de moi ?

* * *

Dans le village cévenol, Eva-Eve a recréé l'univers qui est le sien : une pièce sombre, fermée par des tentures noires, et des crânes humains, sans doute récupérés dans son antre marseillaise. Autour d'elle, Marta Ramirez, les deux anciens présidents et plusieurs villageois. Egalement rejoints par un émissaire d'un monastère du Bhoutan, surgi de nulle part, s'exprimant dans un anglais parfait et se disant spécialiste des « druks », les dragons, et de leurs pouvoirs psychiques. L'homme ressemble plus à un guerrier mongol qu'à un moine bouddhiste, mais ainsi il respire la force. Ensemble, ils poussent, tentent de renverser les murs dressés par Wargl. Le corps de Biagio LaMarca a été installé sur un lit, sa respiration est calme mais son esprit est absent. Deux infirmières ont été réquisitionnées par le président Hollande, elles se relayent pour le surveiller, elles ont installé un drain par lequel il est nourri. Le corps peut vivre encore longtemps ainsi, mais son esprit est au-delà des cordes, sur une autre Terre, tenu enfermé dans l'esprit du plus puissant des dragons. C'est Eva-Eve qui a réussi à le « localiser ». Elle a fait venir un appareillage spécial, de sa fabrication, qui n'est pas sans faire penser au harnachement dont Biagio avait dû se revêtir à Orencœn. Câblages, capteurs d'ondes cérébrales, renforceurs psychiques, prothèses, électrodes, Eva-Eve ressemble à une IA, une intelligence artificielle, qui aurait pris forme humaine. Elle en appelle aussi à tous ceux qui sont présents dans la pièce, à qui elle a demandé de tous faire une chaîne, se toucher, par la main, l'épaule, peu importe, pour augmenter encore sa puissance à elle, au bout de cette chaîne corporelle, qu'elle a doublée d'une chaîne mentale intérieure, par laquelle elle en appelle à d'autres personnes avec qui elle est en contact par la pensée.

Depuis des heures, tout ce petit monde s'efforce de faire tomber les murs mentaux de Wargl. Certains en ont pâti, se sont effondrés. Deux esprits tiennent bons, forts et clairs, celui d'Eva-Eve, qui mènent la danse, et celui de l'ancien président Chirac, qui inlassablement frappe les murs de Wargl, au même point, au même endroit, jusqu'à créer une micro-fissure, par laquelle Eva-Eve a pu engouffrer sa pensée pour aller soutenir Biagio.

* * *

Soudain je la ressens, elle est là avec moi. Eva-Eve. Comment a-t-elle fait ? Si elle a pu pénétrer le fort dressé par Wargl, nous pouvons donc en sortir. Je suis las. Mon esprit est à bout, sur le point de craquer, de céder, de s'effacer, et tout à coup un souffle nouveau me remet d'aplomb. Et je vois la fissure. Qui s'est agrandie. Eva-Eve m'entraîne. Nous nous glissons dans la fraction de seconde de relâchement que Wargl a dû céder. Et d'un seul coup d'un seul me voici entouré de dizaines d'esprits qui semblent me sourire. Des esprits souriants… Dingue. Je m'évanouis.

* * *

Je me réveille allongé sur un lit. Mon esprit a réintégré mon corps, pas de doute. J'ai des fourmillements dans les lobes temporaux. Puis j'ouvre les yeux. Les esprits que j'ai vus sourire sont devenus des visages. Souriants eux aussi, mais graves en même temps, si cela se peut. Je m'assieds. Eva-Eve est câblée de toutes parts, « électrodisée », comme visuellement augmentée, mais elle porte aussi une de ces incroyables robes rouge dont elle a le secret. Je reconnais Marta Ramirez, dont la main étreint celle d'un Asiatique au crâne rasé dont on ne saurait dire s'il ressemble à un moine bouddhiste ou à un guerrier mongol. Chirac et Hollande sont là aussi. Hollande fait penser à un dévot béat qui viendrait de voir Dieu. Chirac a l'air particulièrement fier de lui, mais il y dans son sourire une candeur nouvelle, dont je n'aurais jamais pu soupçonner la présence chez un homme politique.

Leur énergie me propulse hors du lit. Je suis debout. Je vis.

Vendredi 17 mai 2013.

**204ᵉ anniversaire de l'annexion
des Etats Pontificaux à l'Empire Français.**
« I love the smell of napalm in the morning. »
Extraits des dialogues du film
"Apocalypse Now", écrits par
Francis Ford Coppola et John Milius (1979).

Guillaume de Luxembourg avait décidé de se passer du consentement de son paternel. Il avait fait adopter par le conseil de l'Ibucc une résolution stipulant que devait être « rétabli l'ordre international » dans les plus brefs délais. Une formulation suffisamment ambiguë pour que chacun y voie midi à sa porte. Pour les forces armées, les Men In Black, que dirigeait Luxembourg, la mission était limpide : s'opposer à tout opposant, par la force avant toute chose.

C'est ainsi qu'un déluge de feu recommença à s'abattre en divers points du monde. Littéralement éreintées par les dragons, les grandes nations occidentales, ainsi que la Chine et la Russie, préféraient pour l'instant s'en remettre à la direction mondiale collégiale que proposait l'Ibucc, un organisme qui était considérée par elles comme l'Onu l'avait été auparavant, mais en version plus « musclée », ce qui était une nécessité depuis quelques mois, avaient reconnu les anciens dirigeants occidentaux dont certains, comme Jacques Hollande, avaient même préféré quitter la scène, laissant le pouvoir à des ministres, Premier ministre, ministre des Armées, ministre des Relations internationales, parfois même purement et simplement aux membres de l'Ibucc. Mais, à l'autre bout de la chaîne géopolitique, d'innombrables territoires à peu près laissés indemnes par les dragons, et qui revendiquaient depuis des lustres une autonomie *de jure* et *de facto*, s'étaient empressés de construire leur indépendance. C'est à ceux-là que Guillaume de Luxembourg avait décidé de s'attaquer en premier lieu. Tribus amérindiennes retrouvant les sentiers de la guerre, émirats autoproclamés ici et là dans le monde musulman, provinces et républiques autonomes russes décidées à le devenir véritablement, vallées alpines se calfeutrant dans un isolement armé, ethnies africaines formant des alliances anti-Ibucc, territoires îliens, un peu partout sur la planète, choisissant de s'émanciper de toute tutelle, irrédentistes européens jugeant la situation idéale pour accéder à une réelle indépendance, villesports enrichies par le négoce et désireuses d'en profiter enfin, ou encore des dizaines de micro-région et de petites villes tenues par des potentats autoproclamés en rupture de ban international. Tous ceux-là, tous ces petits seigneurs néo-féodaux, Guillaume de Luxembourg avait lancé ce vendredi 17 mai une vaste offensive protéiforme contre eux. Guérilla tous azimuts, bombardements, débarquements, exécutions, lamination. Les Casques Noirs, puissamment armés, soutenus par le concert des ex-grandes nations – désireuses de ne pas voir naître des centaines de nouveaux Etats, ce qui risquait, pensaient-elles, de leur faire perdre à terme leur hégémonie –, firent de la planète Terre une nouvelle fois une boule de feu. Les dragons semblaient oubliés. Un passé pourtant proche mais qui ne répondait à aucune logique alors que ça, des hommes combattant d'autres hommes, tout le monde pouvait le comprendre…

* * *

A Alep, en Syrie, la milice dirigée par Kadri Kassir avait combattu depuis des semaines, face aux dragons, puis face aux intégristes islamiques et enfin face à d'autres milices, kurdes d'un côté et turques de l'autre, qui, chacune, voulait s'emparer du territoire pourtant dévasté du plateau alépin. Le commandant Kassir et ses troupes avaient fait face, inlassablement, et avaient fini par installer une sorte de principauté, dynamique et autonome. Des marchands sont revenus vendre et échanger, des caravanes, mi-véhicules tout-terrain, mi-dromadaires et chameaux, circulent en sécurité jusqu'au port d'Alexandrette, tenu par l'Ibucc qui s'est imposé au régime turc, devenu délétère du fait de la personnalité instable du président Ardogen. Mais Alep ne doit pas échapper non plus à l'Ibucc, pas davantage que le reste de la planète. Exceptionnellement toutefois, eu égard à l'ancienne fonction et aux états de service du commandant Kassir, Guillaume de Luxembourg lui a envoyé un émissaire avant d'engager les hostilités. L'homme est porteur d'un ultimatum : soumettez-vous à l'Ibucc ou l'Ibucc vous soumettra. Une lettre signée de Guillaume de Luxembourg lui-même précise que, si l'Ibucc n'a lancé à ce jour aucune attaque contre Alep, la « principauté » créée et dirigée par Kassir dispose d'une semaine pour accepter la souveraineté de l'Ibucc, faute de quoi elle sera à son tour soumise par la force.

* * *

Ainsi va la vie dans la tête de Guillaume de Luxembourg. Il a totalement « oublié » les dragons et se rêve en dictateur planétaire. Il ne lui reste plus pour achever sa mission qu'à réduire son père à néant et à transformer l'Ibucc en un panel de courtisans zélés à son service et à sa merci.

Dimanche 19 mai 2013.
583ᵉ anniversaire de l'exécution d'Anne Boleyn.
« Les gens qui croient que tout est facile /
Ce sont toujours de vieux fossiles /
Ce sont des hommes de Cromagnon. »
Jacques Dutronc – "Le plus difficile" (1968).

« Oublier » les dragons n'est pas une option viable, car les dragons, eux, n'ont pas oublié les humains. C'est ainsi qu'en ce dimanche, alors qu'il s'est rendu à Orenœn constater le début de l'avancement des travaux de sa future capitale, Guillaume de Luxembourg ressent une étrange douleur dans les lobes temporaux. Une douleur diffuse accompagnée d'une sensation de déjà vu. Un mot, un plutôt une série de sons, commencent à tourner en boucle dans sa tête, *fredaltoklan, fredaltoklan*. Puis surgit une image : un immense dragon, les yeux jaunes de feu, les écailles luisantes, qui s'adresse à lui alors que Ruggero Confà était en train de lui détailler les plans du futur palais : « *Mon nom est Fredal-Toklan, je suis venu pour toi, jusqu'ici à Orenœn, à la porte. Oui, tu m'a facilité le travail, laisse-toi faire maintenant, ensemble nous allons anéantir tous tes rivaux et tu va prendre possession de cette planète. Je vais prendre racine en toi. Je suis toi, Et je vais anéantir tous les humains qui s'opposeront à moi.* » Le discours a de quoi séduire Guillaume de Luxembourg. Ce qu'il y voit, lui, c'est que les dragons eux-mêmes vont l'aider dans sa conquête de la Terre. Et s'il faut pour cela qu'il cohabite en esprit avec ce Fredal-Toklan, quoi que cela soit, hahaha, Guillaume de Luxembourg est heureux de le faire !

Confâ, plan à la main, le regarde d'un drôle d'air.

– Qu'est-ce que tu as, toi ? Quelque chose ne te convient pas ? Mets toi à genoux devant ton maître, esclave humain, et dis-moi ce que tu ressens !

– Ce sont vos yeux, Commandeur, ils… Je ne sais pas, on dirait…

– Des yeux de dragon ?

– Oui, comme des yeux de dragon, peut-être

– C'est parce que je suis un dragon, piétaille humaine ! A genoux je t'ai dit !

– Mais…

Et soudain Guillaume de Luxembourg lance son couteau, dont la lame achève sa course dans la jugulaire de Ruggero Confâ. Le cryptozoologue se retrouve à genoux, dégoulinant d'un sang qui inonde la forêt tropicale, puis son corps s'affaisse et son cœur cesse de battre, alors que Guillaume de Luxembourg, ou faut-il dire Fredal-Toklan, part d'un rire gigantesque qui court jusqu'au sommet et des arbres et résonne en écho dans tout Orenœn.

* * *

Au même moment, Jacques-Henri de Nassau est en train de travailler dans son bureau, installé dans les bâtiments de l'Onu à Genève, que l'Ibucc a fait siens. Nassau a beaucoup réfléchi ces derniers jours à ce que son fils a amorcé. Mettre au pli tous les territoires réfractaires à l'Ibucc, il n'y était pas vraiment favorable, trop de sang avait déjà coulé à cause des dragons, pourquoi en faire couler encore davantage ? Il savait ce qui se tramait dans les Cévennes autour de Biagio LaMarca et aurait préféré soutenir cette initiative, après tout ce n'était que la poursuite, de manière plus libérée, de ce qui avait commencé à être fait à Orenœn sans succès. Mais LaMarca se méfiait de l'Ibucc, et en particulier de son fils Guillaume. Cela, Jacques-Henri de Nassau pouvait le comprendre, Guillaume était devenu agressif, violent, quasiment inhumain, et les opérations militaires qu'il devait lancer aujourd'hui risquaient de mettre à mal non seulement les capacités militaires de l'Ibucc, mais aussi le fragile équilibre géopolitique qu'il s'efforçait, lui, d'établir et de maintenir. « *En es-tu si sûr* », entendit-il soudain une voix qui provenait de l'intérieur de lui-même. Nassau se retourna, dans tous les sens il examina du regard le vaste salon qui lui servait de bureau. Il était bien seul et la voix était bien intérieure. Elle égrenait maintenant une incompréhensible litanie : *karbonterzl, karbonterzl…* Nassau se leva, tourna en rond sur lui-même, cherchant désespérément du regard si personne n'était en train de lui susurrer ces étranges mots. Mais non… Il prit la bouteille de Nessdrep qu'il tenait dans son tiroir et se servit une solide rasade qu'il avala d'un trait. Il ressentit comme un sourire se dessiner à l'intérieur de lui : « *Je suis Karbon-Terzl lui disait la voix, je suis le frère de Wargl, le grand khan des dragons, tu n'es rien petit humain, livre-moi ton esprit et je dirigerai ta Tarra à ta place, tu es las, tu es fatigué, ton fils te domine, laisse-moi t'aider à lui répondre, laisse-moi prendre les rênes…* » Un dragon ? Mais il n'y a aucun dragon ici, réagit Nassau, pas plus dans ce salon que dans ma tête… « *Karbon-Terzl est dans ta tête, petit Nassau, regarde, tu vas continuer à ingurgiter ta liqueur et quand tu auras terminé la bouteille, tu seras mien, ton esprit n'aura plus aucun doute, bois, petit*

Nassau, bois l'élixir du dragon... » Et Jacques-Henri de Nassau se servit un autre verre, puis un autre... Quand la bouteille fut terminée, il n'était pas ivre, pas même gai ou hésitant, ou flou, non il était Karbon-Terzl et en pensée il s'adressa à Wargl, de l'autre côté des cordes, et à Fredal-Toklan, de ce côté-ci : *C'est bon, mission accomplie, mes frères, j'ai pris le contrôle.*

Lundi 3 juin 2013.

7ᵉ anniversaire de l'indépendance du Montenegro.
*« Got in a little hometown jam /
So they put a rifle in my hand /
Sent me off to a foreign land /
To go and kill the yellow man. »*
Bruce Springsteen –
"Born in the USA" (1984).

Cela faisait une dizaine de jours que l'on n'entendait plus que ça sur les radios et les télévisions. *« Les troupes de l'Ibbuc ont repris le contrôle de la vallée de la Ferghana, en Asie centrale. »* *« Les Casques Noirs ont sauté sur la Mauritanie et se sont emparés des villes rebelles de Chinguetti et Atar. »* *« L'avancée des Men in Black au Montenegro a fait près de 2000 morts parmi les saboteurs et les terroristes de Podgorica et de Kotor. »* Etc, etc. Depuis trois jours, il y avait même pire. Les dragons avaient fait leur réapparition, avec la bénédiction de Nassau et Luxembourg. *« Les forces alliés de l'Ibucc et des dragons terrestres ont écrasé la rébellion à Panama. Il n'y a pas de survivant, la ville est aux mains de l'Ibucc et de nos alliés dragons.* » Mais que se passait-il ? Les habitants de la Terre avaient tous compris que l'Ibucc et ses dirigeants feraient tout pour remplacer l'Onu et les gouvernements nationaux de manière définitive, mais les dragons ? Comment était-il possible de pactiser avec les dragons ? De les enrôler aux côtés de forces humaines ? De leur donner blanc-seing pour tuer des êtres humains ? Le monde était devenu fou, certes, mais pas à ce point. Il y avait quelque chose qui ne fonctionnait pas dans cette histoire, une donnée cachée, un facteur X.

Eva-Eve et moi bien sûr avions parfaitement compris ce qui était en train de se passer, nous le savions, je l'avais entendu alors que j'étais prisonnier de l'esprit de Wargl, et nous nous activions pour préparer un nouveau départ, un nouveau combat mental contre les deux dragons qui s'étaient emparés de l'esprit de Jacques-Henri de Nassau et de celui de son fils Guillaume de Luxembourg. Eva-Eve était sereine et décidée à prendre en charge elle-même le combat contre Luxembourg. Je devais m'occuper de Nassau. C'était compter sans l'Ibucc. Le capitaine commandant la place d'Alès avait finalement fait remonter ses informations jusqu'à Alban Cadet, le maître du Sud-Est de la France, qui lui-même avait alerté Luxembourg, autrement dit le dragon Fredal-Toklan. Les heures nous étaient comptées. Peut-être même les minutes. Le président Hollande, toujours présent parmi nous, appelait ses anciens ministres, en vain, personne ne voulait prendre le risque de déplaire aux nouveaux maître. Tandis que l'ancien président Chirac essayait de renouer avec de vieux combattants beaucoup moins lâches, mais beaucoup trop vieux pour se lancer dans nouvelles batailles. Nous étions seuls. Notre seule issue était de faire comme les Corses, prendre le maquis, aller vivre aussi longtemps que possible à l'abri des profondes forêts qui entouraient le village, en laissant le moins de traces possibles. L'été approchait, à tout le moins nous étions certains de ne pas mourir de froid…

Mardi 4 juin 2013.

29ᵉ anniversaire de la sortie de l'album de Bruce Springsteen « Born in the USA ».
« *Je n'ai pas peur de la mort.* »
Mickey 3D – "Matador" (2005).

Nous sommes résolus. A quoi exactement, nous ne le savons pas. Prendre le maquis pour organiser la Résistance. Eliminer les « lézards », comme dans la série américaine *V*. Etre les seuls s'il le faut à reprendre et continuer le combat : Eva-Eve et moi, Marta Ramirez, et notre étrange ami bouthanais que nous avons décidé d'appeler Druk, ce qui le fait sourire. Nous avons laissé croire à Hollande et Chirac qu'ils nous seraient plus utile « dehors », Eva-Eve et Druk peuvent communiquer avec eux par la pensée, je m'exerce et ne suis pas loin non plus d'y parvenir.

Le jour est en train de se lever. Nous allons prendre un sentier qui descend et va nous mener vers les anciennes mines à ciel ouvert et de là si tout va bien vers l'épaisse garrigue qui sépare notre commune de la voisine, et qui s'étale sur plusieurs dizaines de kilomètres carré. Nous marchons en silence et en file indienne en longeant le stade du village, dernière étape humaine avant de plonger dans le royaume des sangliers, des serpents et des renards.

Mais le silence est brutalement rompu par un souffle venteux et le bruit grandissant d'un rotor. Figés, nous mettons quelques secondes à réaliser qu'un Puma frappé des armoiries de l'Ibucc est en train de se poser sur le terrain de football, à trente mètres de notre position. Si nous bougeons, ils nous verront, si nous ne bougeons pas, ils nous verront aussi. Nous sommes coincés, faits comme des rats. L'engin à peine posé, sa porte s'ouvre et en sort un type de haute stature qui ne semble même pas trembler dans le vent du rotor en train de s'arrêter. Druk le montre du doigt et hurle, à plusieurs reprises : *Luksebor ! Luksebor !* Aucun doute en effet, c'est bien Guillaume de Luxembourg, en personne, qui vient pour nous chercher et nous tuer, aucun doute là-dessus non plus.

– A l'abri, courez ! Courez !, nous apostrophe Eva-Eve, et elle se jette de toutes ses forces en direction du général en chef des forces de l'Ibucc. Druk et Marta Ramirez tentent tant bien que mal de trouver un abri derrière des arbres, je ne sais que faire, alors qu'une scène extraordinaire se déroule sous mes yeux. Deux Casques Noirs sont à leur tour sortis de l'hélicoptère, mais ils n'ont pas le temps d'armer leurs fusils d'assaut qu'Eva-Eve est déjà sur eux, un couteau dans chaque main. Elle les trucide sans autre forme de procès avant de se tourner vers Luxembourg, mais Luxembourg n'est plus Luxembourg, il est en train de se transformer en un dragon de plus de trois mètres de haut qui crache des flammes dans ma direction. J'entends Eva-Eve l'apostropher en se jetant sur lui, « *viens te battre Fredal-Toklan, tu ne me fais pas peur !* »

* * *

J'ai déjà connu ce type de combat, je sais qu'il dure un temps infini pour les combattants. J'ai eu de la chance face à Musilag-Semdy et j'ai eu des alliés face à Wargl. Eva-Eve est seule contre Fredal-Toklan, je suis tétanisé, incapable d'envoyer mon esprit à son secours. Frigorifié dans le petit matin, j'esquive avec peine les flammes que le dragon m'envoie. Je m'aperçois soudain qu'un visage est penché sur moi, c'est Druk. Je suis pourtant debout, au bord du stade, mais mon esprit est au repos. Druk est en train de le réveiller et enfin je ressens le combat qu'est en train de mener Eva-Eve. Les dragons ont commis une erreur. Ils n'ont envoyé que deux d'entre eux, pensant que cela serait suffisant pour s'emparer des deux seuls pions qu'ils pensent nécessaires, Luxembourg et Nassau. Mais nous, nous ne sommes pas que deux. Druk est là aussi et Marta cherche le chemin pour combattre à son tour.

Qui observerait la scène verrait un dragon debout à côté d'un hélicoptère avec une femme accrochée à son cou, deux soldats gisant et, un peu plus loin, deux hommes et une femme eux aussi debout, immobiles. Pourtant un terrible pugilat, à mort, une corrida sans retour, est en train de se dérouler là, dont dépend peut-être le sort non seulement d'une planète mais de plusieurs planètes, parallèles, vivant simultanément dans des « cordes » qui ne sont plus des frontières mais des liens.

Eva-Eve semble prendre l'ascendant, mais malgré mes efforts et ceux de Druk un autre combattant arrive dans l'arène : le dragon Karbon-Terzl, qui a dû abandonner Jacques-Henri de Nassau pour venir seconder Fredal-Toklan. Il n'est pas seul. Le ciel grouille bientôt d'ailes noires qui descendent sur le stade et engagent le combat, tant mental que physique : c'est Musilag-Semdy qui est là à son tour, en osmose avec un esprit que je reconnais avant même que de voir le dragon, celui de Jennifer. *Musilag est venu me chercher*, m'explique-t-elle dans un souffle de pensée, *il faut vaincre Fredal-Toklan et Karbon-Terzl au plus vite, Wargl est sur le point de venir lui-même mettre un terme au conflit, avec plusieurs dizaines de Supras prêts à tout.*

La bataille se fait physique, entre dragons. Musilag-Semdy, plus grand et plus fort que Fredal-Toklan, le lamine de coups de queue et lui carbonise le thorax. Toklan réussit à s'envoler et crache ses flammes sur l'hélicoptère, qui explose. Karbon-Terzl se jette à son tour dans la mêlée. Dans le combat les trois dragons en ont oublié les fusions qu'ils avaient réalisées, l'un avec Guillaume de Luxembourg, l'autre avec Jennifer, le troisième avec Jacques-Henri de Nassau, si bien que les trois humains apparaissent à leur tour, séparés des dragons.

– Je me bats pour que Wargl n'anéantisse pas toutes les Tarras, gronde Musilag.

– Je te combats car les humains et leur alliés ne méritent pas de vivre, lui répond Toklan, ils nous ont mis en esclavage sur Tarra-111, rappelle-toi !

– Est-ce une raison pour vouloir les mettre en esclavage ici ?

– Qui te parle d'esclavage, Musilag, je te parle d'extermination, de liquidation, d'élimination, et cela vaut aussi pour toi puisque tu les défends !

– Mort aux humains, mort à Musilag-Semdy ! rajoute Karbon-Terzl

A cent mètres au-dessus du stade, les trois dragons tournoient et crachent des flammes,

Musilag ne pourra pas avoir le dessus, quand une lumière incandescente surgit depuis le sol : Druk s'est transformé en une boule de feu qui vient frapper Fredal-Toklan puis Karbon-Terzl, sous la jugulaire, là où l'épicentre de la force des dragons leur permet de maîtriser les flammes. Les deux masses s'effondrent sur le terrain.

— Mes frères sont morts, annonce sinistrement Musilag-Semdy en regardant Druk dans les yeux. Un instant de flottement, l'on pourrait croire que Musilag est secoué par un désir de vengeance. Il reprend alors la parole : comment as-tu fait ?

Mais avant que le Bhoutanais n'ait le temps de répondre un couteau vient se planter dans sa carotide. Tout le monde avait oublié Luxembourg et, avec ou sans dragon, le chef des armées de l'Ibucc reste accroché à son désir de pouvoir, à sa soif de domination. Son père, apparu durant le combat lorsque « son » dragon, Karbon-Terzl, n'a plus eu la force de le retenir en esprit, s'approche de Guillaume de Luxembourg en sortant d'un holster un pistolet Beretta 92FS doré.

— Mon fils, mon fils… Il y a trop longtemps… Tu voulais de l'or ? J'en ai pour toi, dans le canon de mon arme.

Il lève le bras et tire. Sa balle en or atteint Luxembourg en plein cœur.

Dimanche 1er septembre 2013.

298ᵉ anniversaire du décès de Louis XIV.
« Pour La Fin Du Monde /
Prends ta valise /
Et va là-haut sur la montagne /
On t'attend »
Gérard Palaprat –
"Pour la fin du monde" (1971).

Après la mort de Guillaume de Luxembourg, un déluge de feu a continué à s'abattre sur la planète. De sept milliards d'habitants avant que n'arrivent les dragons, la population était passée à moins de cinq milliards en quelques mois, mais l'été 2013 fut lui aussi meurtrier.

Jacques-Henri de Nassau avait pourtant redressé la barre que son fils avait fait verser du côté guerre, mais les dragons étaient de retour. Fredal-Toklan avait eu le temps de réveiller les Vigilants et les attaques meurtrières étaient quotidiennes. Rasée par le feu de deux dragons, la ville française de Metz ; brûlée et rayée de la carte, la ville ivoirienne de Dabou ; sous la férule sanglante d'un dragon géant, la cité chinoise de

Shenzhen. Plusieurs centrales atomiques ont explosé, livrant des milliers de kilomètres carrés aux radiations. Partout, de nouveaux assaillants, partout, de nouvelles attaques. Heureusement, les Men In Black, désormais dirigés par Kadri Kassir, rappelé par Jacques-Henri de Nassau et nommé général, se sont employés avec détermination à combattre les dragons. Au bout deux mois de cette Deuxième Guerre des Dragons, la population humaine ne dépassait guère les quatre milliards d'individus, des millions avait perdu la vie dans la bataille, d'autres millions étaient mort à la suite des explosions atomiques. Mais les dragons étaient vaincus. La Terre, tout au moins celle que nous connaissions, Tarra-408, était débarrassée de ses dragons endogènes, et hors quelques rares initiés, peu savaient que d'autres dragons nous menaçaient encore, depuis d'autres Terres, parallèles à la nôtre.

Ce sont ceux-là qu'il nous faut maintenant combattre, nous ne pouvons pas vivre avec cette menace permanente.

* * *

A New York, au siège américain de l'Ibucc, ex-siège de l'Onu, un conclave restreint réunit précisément cette poignée d'initiés. Il y a là

Jacques-Henri de Nassau, qui dirige les débats, son chef d'état-major Kadri Kassir, Eve-France Dufresne d'Arsel, Marta Ramirez, désormais présidente de Dragon, ainsi que plusieurs présidents de nations qui ont momentanément confié les rênes de la planète à l'Ibucc : l'Américain Obama, le Russe Poutine, le Chinois Hu Jintao. L'ex-président français Chirac est également de la partie et je suis assis à la droite de Nassau. C'est François Chirac qui vient de parler, et qui poursuit :

– Je n'ai pas un tempérament guerrier, comme vous le savez, mais nous savons tous, ici, qu'il existe une menace bien pire que celle que nous avons dû affronter depuis le début de l'été. Les dragons existent encore bel et bien, et leur chef, leur empereur, ce Wargl, comme madame D'Arsel et monsieur LaMarca nous affirment qu'il s'appelle, est de la trempe des Attila ou des Napoléon, c'est un jusqu'au-boutiste qui ne s'arrêtera pas en chemin. Nous savons qu'il mène actuellement une autre guerre, sur une autre Terre parallèle, mais dès qu'il l'aura terminée, c'est vers nous qu'il tournera à nouveau son regard. Nous devons l'en empêcher avant même qu'il n'ait le temps d'y réfléchir. Il nous faut une solution !

– Que proposez-vous ? demande Poutine. Nous avons confié le sort de la planète à l'Ibucc, général Kassir, voyez-vous une issue ?

Homme de terrain bien plus que politique, Kassir ne sait visiblement pas quoi répondre. Mais Nassau vient à son secours.

– Mon cher camarade Poutine, nous connaissons votre désir de bien faire, et je peux vous affirmer que lorsque cette crise sera dénouée, l'Ibucc deviendra ce que l'Onu aurait dû être, non pas un gouvernement mondial, chaque nation retrouvera droit de cité, mais un véritable arbitre, non pas au service de tel ou tel pays, mais au service de la planète. Vous avez tous ici validé l'idée de construire une sorte de capitale mondiale à Orenœn, comme mon fils le souhaitait, aussi c'est d'Orenœn que je voudrais vous parler… Vous n'ignorez pas que se trouve à Orenœn, qui a été épargnée par les attaques de cet été, un centre de recherche sur les dragons extrêmement performant. Sous la houlette du professeur Kennedy et du professeur Rozinsky, on y développe des méthodes très efficaces de voyage quantique. Madame D'Arsel pourrait nous en dire plus sur le sujet, mais permettez-moi de poursuivre : nous avons mis au point un support cérébral qui va nous permettre de traverser les cordes, de nous matérialiser sur une Terre parallèle, et de revenir bien sûr. Impossible pour l'instant d'envoyer des armées, mais nous allons pouvoir rendre la monnaie de leur pièce aux dragons, c'est-à-dire aller chez eux et nous emparer du cerveau de leur leader, pour l'empêcher de venir faire la guerre ici, sur notre Terre. Est-ce que je résume bien la situation, monsieur LaMarca ?

A moi donc de prendre la parole. Et de leur faire une petite surprise…

– Tout d'abord, je vous remercie de m'accueillir dans cette assemblée, mais j'ai plusieurs choses à vous dire. Tout d'abord, oui, président Nassau, c'est tout à fait exact, nous avons fait des progrès déterminants qui nous mettent sur un pied d'égalité avec les dragons en ce qui concerne les voyages entre les cordes. Qui plus est, nous avons identifié la totalité des portes de notre Terre, c'est-à-dire les lieux de passage possible. Orencœn en est un, mais il y a trente-trois au total, trente-trois points où nous devrons installer des bases de protection et de surveillance. Mais il y a mieux. Les dragons, cela va vous sembler difficile à admettre, sont comme nous : il y a parmi eux des individus qui ont soif de puissance et de gloire, mais la majorité ont simplement envie de vivre en paix, réservant leur feu à ses usages traditionnels et quotidiens chez eux, dénués de toute volonté de destruction. D'ailleurs, je voudrais vous présenter un de ces dragons désireux de vivre en paix.

C'est alors que Musilag se matérialise à mes côtés.

Depuis plusieurs semaines nous vivions ensemble, si l'on peut dire, sur cette Terre et sur sa Tarra, et quelques autres. Physiquement séparés lorsque cela était possible, en fusion quand cela s'avérait nécessaire. Malgré notre combat initial, nous avions découvert que nous avions énormément de points communs et que notre quête était la même. Aussi avions nous décidé de frapper un grand coup : éliminer Wargl ensemble et faire de Musilag le nouveau chef des dragons.

Lorsque Musilag apparaît, la réaction est virulente parmi les membres de l'Ibucc et les chefs d'Etat. Le premier à agir est Barack Obama qui sort une arme de son veston et se prépare à faire feu. Mais Eva-Eve, plus rapide que le feu d'un Colt ou celui d'un dragon, s'est déjà interposée.

– Ne tirez pas, président ! Biagio LaMarca voulait simplement vous présenter Musilag-Semdy. Ce dragon entend comme nous mettre un terme aux exactions de Wargl, et il a besoin de nous pour y parvenir. Le deal est simple : nous l'aidons à éliminer Wargl et à prendre sa place, et il devient notre garant que la guerre entre nos deux Terres est terminés.

Musilag se garde bien de cracher le feu ou de déployer ses ailes. Mais il parle par ma voix, qui semble sortir de sa gueule :

– Biagio et moi avons combattu l'un contre l'autre. Notre fusion durant ce combat nous a amenés à nous comprendre. C'était comme un premier contact entre deux mondes. Aujourd'hui, nous fusionnons à nouveau mais pas pour nous entretuer, pour être plus forts contre un ennemi commun, qui veut détruire toutes les Tarras pour son seul plaisir. Wargl est pour nous, dragons, ce que Hitler a été pour vous, humains. Nous avons la chance de pouvoir contrecarrer ses plans. Je vous demande ici solennellement d'être mes alliés dans cette bataille. Demain, Biagio et moi partirons pour Tarra-001, et, unis, nous vaincrons Wargl ! Voici venu le temps de l'union.

THIS IS THE END
OR NOT

Lundi 2 septembre 2013.

26ᵉ anniversaire de la première diffusion du « Club Dorothée » à la télévision française. Rien à voir ? Allez savoir.
« This is the end
Beautiful friend
This is the end
My only friend, the end
Of our elaborate plans, the end
Of everything that stands, the end
No safety or surprise, the end. »
The Doors – "The End" (1967).

Du même auteur

Pourriture Beach, L'écailler du Sud, 2000
L'illusion du belvédère, L'écailler du Sud, 2003
Voir Phocée et mourir, L'écailler du Sud, 2005
L'inventeur de villes, Gaussen, 2013
#TCDJ - Le Titre Con Du Jour, Ensemble, 2015
La résistible ascension de Marcello Ruffian, Horsain, 2015
On l'appelle Marseille, Gaussen 2017
Les Marseillais – avec François Thomazeau, Ateliers Henry Dougier, 2018
Le chemin le plus court n'est pas la ligne droite, The Melmac Cat, 2020
Sardines – avec François Thomazeau et Thierry Aguila – Cres, 2021

The Melmac Cat
Liste des parutions

001 – *L'illusion du belvédère*, Patrick Coulomb (2016)
002 – *La porte des dragons*, Patrick Coulomb (2016)
003 – *#TCDJ, Le titre con du jour,* collectif (2016)
004 – *Plan de Campagne*, Stéphane Sarpaux – co-édition avec Gaussen (2017)

005 – *La liste d'attente*, Robert P. Vigouroux – co-édition avec Gaussen (2017)
006 – *Fun TV Club, l'intégrale* (2017)
007 – *On l'appelle Marseille*, Patrick Coulomb – co-édition avec Gaussen (2017)
008 – *Marseille, an 3013,* collectif – co-édition avec Gaussen (2018)
009 – *Docteur Miam*, Patrick Coulomb (2018)
010 – *Une collection de monstres*, Patrick Coulomb (2019)
011 – *Star*, Sébastien Doubinsky (2019)
012 – *Le feu au royaume*, Sébastien Doubinsky (2019)
013 – *Orenœn*, Patrick Coulomb (2019)
014 – *Que vienne le temps des dragons*, Patrick Coulomb (*La porte des dragons + Orenœn*) (2019)
015 – *Il était une fois dans la bibliothèque,* collectif – co-édition avec Gaussen (2019)
016 – *La théorie des dominos*, Sébastien Doubinsky (2020)
017 – *Le chemin le plus court n'est pas la ligne droite*, Patrick Coulomb (2020)
018 – *Pestilence*, Bruno Leydet (2020)
019 – *Voyages immobiles en temps de confinement*, collectif – co-édition avec Ramsay (2020)
020 – *14 histoires de musique(s) à Marseille*, collectif - co-édition avec Gaussen (2020)
021 – *La femme qui mangeait des fleurs*, Guillaume Chérel (2021)
022 – *Sketchbook #01*, Boloniaise
023 – *Julia, une île*, Olivier Boura (2021)

The Melmac Cat
Liste des collections

Melmac / Ailleurs(s)
L'illusion du belvédère - Patrick Coulomb
Vienne le temps des dragons (vol. 1 *La porte des dragons*) – Patrick Coulomb
Vienne le temps des dragons (vol. 2 *Orenoen*) – Patrick Coulomb
Pestilence, Bruno Leydet
Julia, une île – Olivier Boura

Melmac / Esprit Noir
Le feu au royaume – Sébastien Doubinsky
Star – Sébastien Doubinsky
La théorie des dominos – Sébastien Doubinsky
Le chemin le plus court n'est pas la ligne droite – Patrick Coulomb
La femme qui mangeait des fleurs – Guillaume Chérel

Melmac / Pop
#TCDJ, Le Titre Con Du Jour - collectif TCDJ
Fun TV Club, l'intégrale
Docteur Miam - Patrick Coulomb
Une collection de monstres – Patrick Coulomb

The Melmac Cat
Parutions à venir

Surf – François Thomazeau
26 mai 1993 – Giovanni Privitera

Illustration de couverture by KazuN / Pixabay
Illustration de quatrième de couverture :
dragon sur un mur à Camden, Londres
photo © Patrick Coulomb
Illustration intérieure : dragon de la City
à Londres, sculpture de Charles Bell Birch, 1880
photo © Patrick Coulomb
Création graphique et maquette :
© The Coolpop Agency

The Melmac Cat vient d'une autre planète.
Ses collections sont ouvertes aux récits de fiction
et de genre, aux chroniques et à la poésie urbaine.
Et au reste, bien sûr.
-
Sous la voûte céleste, ou autre.

MERCI
THANKS
GRAZIE
GRACIAS
OBRIGADO
SPASIBA
DANKE
TAK
TODA
CHENORHAGALOUTIOUN
CHOUKRAN
JERE JEF
ASANTE
XIEXIE
NAMASTE
ARIGATO